dear+ novel
koto no ha no tsukai ・・・・・・

言ノ葉ノ使い

砂原糖子

新書館ディアプラス文庫

言ノ葉ノ使い

contents

illustration:三池ろむこ

言ノ葉ノ使い

雨雲色のボストンバッグを膝《ひざ》に抱《かか》えた青年は、深く俯《うつむ》いて座っていた。

電車の座席の一番端だ。

午後の空《す》いた時間でも、大きな街とそのベッドタウンを繋《つな》ぐ電車の席はすべて埋《う》まっている。隣では買い物帰りの主婦たちがお喋《しゃべ》りに夢中で、時折揺れる肘《ひじ》が腕に触れたが、青年はけして顔を起こそうとはしなかった。

栗色の髪の旋毛《つむじ》が下を向きそうなほど俯いたまま。眠っているようにも見えるけれど、大きなバッグをぎゅっと抱く腕は不自然に強い。

丸めた薄い肩は小刻《こきざ》みに震えていた。ケージに入れられ、知らない場所へと連れ出される動物のように。電車はちょうど大きな橋へと差しかかったところで、車両の揺れのためか、青年自身が震えているのかは判《わか》りづらい。

窓からは広い河川敷《かせんしき》の川が見える。ゆったりと流れる川の水面は秋の日差しを反射して煌《きら》めき、川縁《かわべり》の道を学校帰りの子供たちや散歩をする人が行き交う長閑《のどか》な光景が広がっていた。

橋を越えると、今度は色づき始めた銀杏《いちょう》の並木が電車を迎え、鮮《あざ》やかな黄色で窓を埋め尽くす。乗客たちの視線も自然と車窓《しゃそう》に向かう中、青年だけが俯いたままだった。

石の置物のようだった青年がおもむろに顔を上げたのは、到着の駅名を告げるアナウンスが流れた瞬間だ。慌ただしくバッグを肩に引っ提げ、ドア前に立つ。

まだ少年と見紛《みまが》いそうな細い頤《おとがい》の顔。柔らかな髪だけが陽光を受けて輝き、どこまでも続く黄金の並木道にもその表情は曇《くも》ったまま、遠くを見つめる青年の眸《ひとみ》は虚《うつ》ろだった。

ただ、ホームの先端が近づいてくると、思い切るようにぼそりと言葉を発した。

「……行こう、新しい街だ」

◇◇◇

ホームに降りるカンナは軽く息を吸い込み、楽しげに口元を綻《ほころ》ばせた。

「大きくて綺麗な駅だなぁ！」

肩からずり落ちそうになるボストンバッグを抱え直しながら、周囲をぐるりと見渡す。

大きいといっても何十万人も利用する駅でも、真新しい駅舎でもない。もっと巨大だったり都会的なビルディングの駅があるのは知っているけれど、カンナは抱《いだ》いたいい印象はなるべく言葉に変えるようにしていた。

『言葉にはね、魂が宿《やど》るの』

子供の頃、母にそう教え聞かされたからだ。

それに、前に住んでいた片田舎《かたいなか》の日に数えるほどしか人の利用しない無人駅に比べたら、ずっとずっとなにもかもが大きくて立派だ。

田舎の山間《やまあい》の農村、カモメの舞う海辺の町、一年中気温の上がらない北の大地。カンナは二十歳にしていろんな土地を渡り歩いている。『人生とは旅だ』なんて言葉があるけれど、幼い頃に母を病気で亡くしたカンナは一所《ひとところ》に留《とど》まり続けることはなく、生活はまさにずっと旅のようだった。

そして今日、この街へやって来た。

老齢の駅員が傍《そば》に構える改札を抜け、人の行き交うコンコースに出る。大きな駅だけあって店もたくさんあった。土産物屋《みやげ》に花屋、小さなスタンドのパン屋はクロワッサンの香りを漂《ただよ》わせていて、焼き立てを知らせるベルを振る女性が緑のエプロン姿で立っている。

甘く香ばしい匂いにカンナは誘われた。あまりフラフラしていると家出少年と誤解されかねない。グレーの大きなボストンバッグは存在感がありすぎ、細身のカンナを余計に華奢《きゃしゃ》に見せる。成長期の少年のようなすらりとした体と小さな顔のせいか、今も未成年と思われがちだ。ときにはボーイッシュな少女と間違われることすらある。

カンナはコンコースの真ん中の案内所に向かった。係の女性が一人いるだけのカウンターは人だかりができている。

「すみません、バスの乗り場が知りたいんですけど……」

大人しく待ったカンナの順番がようやく回ってきて、尋ねようとすると背後から声が響いた。

『どいてよ、早くしないと間に合わなくなっちゃう！』

それは言葉ではない声だ。振り返って、動いていない唇を見ればはっきりと判る。

不思議なことに、カンナの耳にはほかの人には聞こえない『心の声』がいつも聞こえる。

不思議なのは『聞こえること』ではない。普通は聞こえないものであるということだ。物心ついたときから、カンナの耳に人の思いは言葉となって響いており、どんなときも――こうしている間も、他人の感情は入り込んできた。

「ストッキングを売っている店を教えてほしいんだけど！」

女性はカウンター前のカンナを押《お》し退《の》けるようにして、案内係に向かって言った。見かねて注意したのは後ろに並んでいた年配の女性だ。

「あなた、ちょっとなに割り込んでるの。ちゃんと並びなさい」

「ごめんなさい、急いでるんです」

「急いでるって、ストッキングがほしいだけでしょう？　みんなちゃんと並んでるのが判らないの？」

「でも……」

『これだから最近の若い子は』

高齢の女性が飲み込んだ言葉は、冷ややかな眼差《まなざ》しだけで若い彼女にも伝わる。

「破れたストッキングでいろって言うんですか？」

「順番を守りなさいって言ってるだけでしょ。まったく、せっかくお洒落《しゃれ》してもそれじゃあね」

「オシャレなんかじゃありません！」

彼女はついに声を荒げた。カウンター越しの案内係は狼狽《うろた》え、列を作る人々は弱り顔で溜め息をつき、通行人は好奇の目で振り返る。

カンナは彼女の足元を見た。

破れているのは黒いストッキングだ。

『どうしよう、こんなことしてたら間に合わなくなる。でも、変な格好《かっこう》なんてできない。パパのお葬式なのに……』

彼女のトレンチコートはベージュ色だったけれど、その裾《すそ》からは黒いスカートも覗いていた。

ぼんやり静観するかのように黙っていたカンナが急に発した言葉に、高齢の女性が目を丸くする。

「僕が並び直しますから」

「……どういうこと？」

「僕が並び直せば一人分空《あ》くでしょ？　そこにこのお姉さんが入れば、誰も多く並ぶことにはならないと思うんです」

「そりゃあ、そうだけど……」

五人ほどの列の最後尾に移動しようとすると、納得いかない『声』が聞こえた。

『なんなの、この子。だいたい、この子が割り込まれそうになってたから注意してあげたのに。まるで私が悪者じゃない』

恨《うら》み言《ごと》を零《こぼ》した後には、今度は自《みず》らを省《かえり》みる言葉が続く。

『そんなにお節介《せっかい》なのかしらね。いつもそう。よかれと思ってるのに、みんな迷惑そうな顔をするのよ』

白いものの目立つ髪の彼女は、カンナが振り返り見ると怪訝《けげん》な顔をした。

「な、なに？」

「ごめんなさい」

「え……」

「僕のために声をかけてくださったのに。ありがとうございます。僕はまだ時間がありますから大丈夫です」

カンナは列の後ろにつく。若い女性はぺこりと頭を軽く下げて会釈《えしゃく》し、ほっとしたようにカウンターに向かった。彼女もまた後悔していた。ついムキになって反論したことも。それから、父親に言ったあの言葉についても。

急逝《きゅうせい》するとは知らず、最後に父に彼女が投げかけた言葉は『放っておいてよ』だった。

彼女と父親の間になにがあったのかまでは判らない。けれど、カンナの耳にはたくさんの人の思いや悩みがいつも聞こえていた。

改札にいた老齢の駅員は、このところずっと通帳の在《あ》り処《か》が判らなくて困っている。『あなたは一人じゃなにもできないから、私のほうが長生きしないとね』と、口癖のように言っていた奥さんが先に旅立ってしまったからだ。スタンドのパン屋でベルを鳴らす女性は、今も可愛い赤ちゃんを抱いた母親に笑顔で声をかけているけれど、長い間不妊に悩み苦しんでいる。

人の心は、目に見えるよりもずっと哀しみに溢《あふ》れている。

――母さん、この街も同じだね。

カンナには判らない。どうして普通の人に心の声が聞こえないのか。ときに笑顔で繕《つくろ》ってまで感情を自分の内に押し込めるのか。何故《なぜ》、孤立を恐れるくせして、人は自らそうせずにはいられないのかも。

初めて心の声を聞いた日のことを、カンナは覚えていない。

父は最初からいなかった。カンナの話し相手は物心つくまで母親だけで、母とはいつも唇を動かすことなく語り合った。

母もまた心の声の聞こえる人だった。

カンナと母は、よく周囲からも物静かな親子だと言われた。

夕暮れの散歩道、ほかの子は母親にじゃれついてなにか駄々《だだ》を捏《こ》ねたり、はしゃいだ声を上げて駆け回っているのに、カンナと母親は手を繋いでただ黙々と歩いた。

母のお気に入りは河川敷の道だった。風や葦《あし》の揺れる音が聞こえた。遠くの鉄橋を走る電車の音や、学校のグラウンドで野球の練習をする子供たちの微《かす》かな声も。

一番星の瞬《またた》きの音さえ聞こえそうな、澄み渡った空気。言葉を発しない二人は、その空気を震わせることもなく、互いの『声』を聞き取った。

『ねぇ、きーちゃん、この世界にはたくさん人がいるでしょう?』

『うん、たくさんいるね』

『でもね、みんな「聞こえない人」なの。こうやってきーちゃんと心でお話しできる人はお母さんしかいないの。お母さんと話せる人も、きーちゃんしかいない。どうしてだと思う?』

『ママ、どうして?』

すぐに答えを求めるカンナに母は微《かす》かに苦笑し、そして繋いだ手をぎゅっと握り返して言った。

『それはね、神様に私ときーちゃんだけがお願いごとをされたからよ』

『かみさまのねがいごと?』

『そうよ、「聞こえない人」たちの手助けをしてほしいんだって』


バスの通り道から右へと曲がり、坂道を上ること五分あまり。カンナの新居は門扉《もんぴ》の赤い風見鶏《かざみどり》が目印だ。

教えられた目印らしきものを見つけたカンナは、アパートの門の前で首を傾けた。風見鶏は鉄でできているにもかかわらず強風にでも負けたのか、括《くく》りつけられた針金の部分から折れ曲がり、ニワトリが寝そべってしまっている。

とにかく目印には違いない。左隣の一軒家のベルを鳴らすと、大家《おおや》の老婆がモヘアのカーディガンの前を掻《か》き合《あ》わせながら姿を現わした。

「玄関は一つだけど、風呂や流しはちゃあんと各部屋ついてるからね。広さは期待しないでおくれよ」

アパートの手前までサンダルを履《は》いて出てきた老人は、文句を言わせまいと念を押し、カンナは『わあ』と表情を輝かせた。

「すごく雰囲気のある建物ですね。異国のお屋敷みたいだ！」

木造の二階建てアパートは、白い壁にコマドリの卵みたいな水色の梁《はり》をした洋風の建物だ。道路脇の紅葉した大きなケヤキの茂みを笠《かさ》に被《かぶ》っている。ペンキはかなり剝《は》げ落《お》ち、屋根もどことなく傾いているけれど、入り口のドアの真ん中に嵌《はま》ったダイヤ柄のステンドグラスがロマンティックだった。

「お屋敷……そ、そうかい？」

「中学の頃に住んでいた家に似ています。あっ、家っていうか……家の隣にあった教会の礼拝堂に似てるんですけど」

「へぇ、まぁ築四十年だし、木造を嫌がる人もいるけど、まだまだ現役だよ。住んでるのは今はあんたのほかに二部屋だね」

小柄で背の曲がった老婆はカンナを見上げるのも一苦労のようで、後は一人でも大丈夫だと告げると、『二階の二〇一号室だよ』と言って鍵を差し出された。受け取るカンナの背後を、偶然居合わせた通りすがりの中年女性が、ぎょっとした『声』を響かせながら行き過ぎる。

『うわ、ここまだ住んでる人いたんだ〜。こんなあばら家《や》に住むなんて物好きもいいとこだわ〜』

カンナは一瞬動きを止め、老婆が不思議そうな顔をした。

「あんた、どうかしたかい？」

「いえ、なんでもありません。ありがとうございます。これからよろしくお願いいたします」

にっこりと笑んで頭を下げ、軋《きし》む門扉を押し開いた。アパートの入り口まで続く数メートルの庭は、雑草の逞《たくま》しく生《お》い茂《しげ》ったけもの道だ。見様《みよう》によっては緑豊かと言えなくもない。

前向きになったカンナは、見るものすべてがキラキラ光る眼鏡でもかけたみたいに笑顔のまま、ステンドグラスの嵌った古めかしいドアを開けた。

今時珍しい下宿タイプのアパートだ。玄関で靴を脱いで各部屋へと向かう。部屋は全部で六室。二階に続く木製階段を上ろうとすると、一階の真ん中の部屋から若い女性が飛び出してきた。

「メイっ！　こらっ、ダメだってばっ！」

若いというか、幼い。小学校三、四年ぐらいの子供で、部屋から姿を見せたのは少女だけではなかった。

脱兎《だっと》のごとく駆け抜けて行く黒い物体。脱走ウサギではなく、黒い猫だ。猫はカンナの足元をするりと抜けると、玄関ドアの脇《わき》の窓に飛びつく。上下にスライドするタイプの窓は、換気のためか上部が開いており、勝手を知った様子で駆け上った猫は、舌を『べっ』と出して少女のほうを振り返った。

いや、舌は出ていないけれど、カンナにはそう見えた。

「バカっ、出ちゃダメだって……あっ！」

猫という生き物は、総じて人の願いなど聞き入れない。命令ともなると、溢れんばかりの反《はん》骨心《こっしん》でもって突っぱねる。

自由を愛する『メイ』は、少女の叫びなどどこ吹く風で一瞬で窓から消え去った。

「メイっ！」

「大丈夫だよ。近所をパトロールしてくるだけだって」

声をかけると、少女は初めてカンナの存在に気がついたみたいにこちらを仰《あお》ぐ。長い黒髪を左に寄せて苺《いちご》の髪飾りで一つに束《たば》ねた、利発そうな顔の少女だった。

「……判るの？」

「うん。猫語も少しならね」

「子供だと思ってバカにしないでよ」

「子供じゃなくて、ミチルちゃんっていうんでしょ？　チルチルミチルのミチルかな？」

「なっ、なんで名前知ってんの⁉」

素直な驚きを示す少女に、カンナは少し迷ってから応《こた》える。

「猫が『ミチル、ごめん』って出て行ったから」

「ウソ！」

本当だと言い切ったら嘘になる。

ニュアンス的には、詫《わ》びではなく『ミチル、悪《わり》ぃな、へっへっへ』のほうだったからだ。それに猫語なんてものはこの世にはなく、言葉が聞こえたわけではない。

動物は言葉を語らない。カンナは人だけでなく、ときに動物の心も判ることがあるけれど、それは耳で聞くのではなく、もっと直接的に感情をポンと自分の心の中に放り込まれるような感覚だった。まるで自分自身の感情であるかのように、心の水面に広がる波紋《はもん》を読む。共鳴に近いのかもしれない。

それでも、猫が『ミチル』と名を呼ぶ声は聞こえた気がした。

きっと舌を出しながらも、猫にとって少女が特別な存在だからだろう。

「ウソじゃないよ」

『本当だ』とは言わずに言葉を濁《にご》したカンナは、肩に抱えたボストンバッグを床に下ろし、小学生にもぺこりと頭を下げた。

「初めまして、僕は二〇一号室に越してきたカンナです。よろしくね」

「カンナ？　女の子の名前みたい」

首を捻《ひね》る少女に曖昧《あいまい》に笑んだだけで、カンナは問う。

「さっきの猫は君の猫？　あれ、でも……このアパートって、動物ダメなんじゃ……」

ペットを飼う予定はないが、入居を申し込んだ際、大家のあの老婆から電話口で『ペットは禁止』だと言い渡された。口ぶりからして動物が嫌いな様子で、ほかの入居者だけ許されているとは考えにくい。

「違うの！　あの猫は私の子じゃないの！　私が飼ってるんじゃなくて、えっと……」

急に慌てふためき始めたミチルに驚く。

理由はすぐに判った。

『どうしよう、この人が大家さんに言ったらメイ飼えなくなる』

「ミチルちゃん、僕はただ確認しただけで……」

『メイがいないと一人になっちゃう』

「……一人なの？　お母さんとお父さんは？」

「え？」

詮索《せんさく》するつもりはなかったけれど、つい気になって尋ねた。訊《き》かれた相手が教えたくなくとも、人は問われた内容には意識が向く。思考するだけで、カンナにはおよその状況は伝わる。

「お母さんとお父さんは……」

ミチルは母子家庭で父親はいない。母親は仕事に忙しく、いつも帰りが遅くて寝る時間まで帰って来ない日も度々《たびたび》らしい。

ミチルには友達がたくさんいる。ミチルは小学校四年生だけど、料理も少しならできる。一人で宿題もできる。テストの点数はクラスでもいいほうで、答案を見せると母親はいつも喜ぶ。けれど、友達の家には夜遅くまではいられないし、遠足に自分で作った弁当を持って行ったのはミチルだけだった。

みんなには『お母さんが作ってくれた』と言ったのを、母親は知らない。

「お母さんは今日は早いから夕方帰ってくるよ。引っ越しの挨拶《あいさつ》ならそのときにしてよね」

しばらく警戒するように口を閉ざした後、ミチルは心とは裏腹に大人びた口調で応える。まだ幼いながらも虚勢を張る少女に、カンナは心の中で『ごめんね』と詫びた。詫びても自分の声は届かない。いつも一方通行に心を覗き見てしまうことを、時々申し訳なく感じる。

「うん、後で挨拶させてもらうよ。猫、可愛いね。僕も猫好きなんだ」

「えっ、ホント⁉」

途端に表情の明るくなったミチルに、カンナは頬を綻《ほころ》ばせた。ちょっと気が引けるけれど、大家と入居で交わしたのは自分がペットを飼わない約束で、ほかの住民が飼っているのを知らせることまでは入っていない。

「うん、だからメイのことは気にしないで……」

言いかけたところ、背後に生き物の気配を感じた。

「あれ、もう帰ってきたのかな?」

散歩に出かけたメイだと思ったのは、それが猫と同じ気配を持っていたからだ。

振り返ったカンナの目に飛び込んできた生き物は、窓ではなくドアを開けて入ってきた。

黒いヒトの姿をしていた。

ドアのかまちに頭をぶつけそうに大きい。黒いジャケット、黒いシャツ、黒いズボンに黒い靴。服装だけでなく無造作《むぞうさ》に切ったような髪も真っ黒だけれど、当然ながら肌は普通の色だった。

人間の男にもかかわらず、カンナは猫が化《ば》けたのかとさえ一瞬思った。

何故なら、言葉が聞こえない。人は思考する。その反応は小さなものから大きなものまで様々とはいえ、ドア前に立つカンナを見ても、男はまるで目になにも映っていないかのように無反応だった。余所《よそ》に意識を奪われているのとも違う。

男はただ、なにも考えていないのだ。

ぽっかりと穴でも開いたみたいに空洞だった。

空っぽの心——

「ちょっと、あなたなにやってるのっ!」

ミチルの声にハッとなる。

そのまますると大きな獣《けもの》のように階段に向かって行き過ぎようとした男の腰に、カンナは無意識に手を伸ばしてしまっていた。ぺたりとジャケットの裾の辺り、尻へと手を押し当てたのは、二股《ふたまた》にでも分かれた尾が潜《ひそ》んでいないか真剣に疑ったからだ。

無関心だった男の目がぎょろりと動き、カンナを捉《とら》える。迫力のある切れ長の目は鋭く、無駄な肉のない引き締まった顔つきはまだ若い。二十代半ばか、いっても後半だろう。

『だれだ?』

初めて男が響かせた『声』に、カンナはびくりとなった。それこそ、ぴゃっと獣が毛を逆立《さかだ》てるみたいに肩をいからせ、後ずさる。

まさか尻尾《しっぽ》を探っていたなんて、言えるわけがない。我に返れば、自分の疑いが普通じゃないことぐらい判る。

「あ……すっ、すみません、二階に越してきたカンナといいます!」

『かんな』

「あのっ……」

男はなんの抑揚《よくよう》もない、平らな『声』で名をなぞっただけで、背を向け階段を上って行った。

やや猫背の後ろ姿は完全に黒ずくめで、本当に大きな獣であるかのようだ。

「二〇三号室のガクタさん」

ミチルが男に代わって応える。

「ガクタさん？」

「関わっちゃだめだよ。怖い人だから」

「怖いって？」

ちらりと二階を仰いだミチルは、声を潜《ひそ》めて言った。

「あの人ね、人殺しなんだよ」


運送で送っておいた段ボールの荷解《にほど》きは、夜を迎える前にあらかた終わった。以前暮らしていた叔父《おじ》の家の部屋も六畳間《ろくじょうま》で、右から左へ、部屋から部屋へとそっくりそのまま移ったような引っ越しだ。

部屋は期待をするなと言われたとおり狭かったけれど、キッチンは小さくともコンロが二つあって、自炊するのに不便がなさそうなのはありがたかった。夕方には、ミチルの母に挨拶に行った際に教えてもらった店で買い出しをし、とりあえず今晩の夕飯にはお弁当を買った。

空室の目立つアパートだけれど、住民がよさそうな人でよかった。

そう考えたところで、昼間のミチルの気がかりな言葉を思い出す。

『人殺し』

——まさか。

子供の言ったことだと、慌てて首を振る。いくら心が判るといっても、本人のところへ行って、『人殺しですか?』なんて確認できるわけもない。

「明日は足りないもの買いに行かなきゃ」

食事をすませたカンナは気を取り直して呟き、窓辺に膝立ちで歩み寄る。足りないもの……カーテンのない木枠《きわく》の窓の向こうには、丸いお月様が夜空にぽっかりと浮かんでいた。

満月だ。覗くカンナの顔もぱっと明るく照らした。

「カーテン、しばらくなくてもいいかも……」

美しい月夜に思わず呟いたそのときだ。

階下のほうで、ドアをガタガタと揺らすような音が聞こえた。

安普請《やすぶしん》の木造アパートは、壁もドアも薄く、周囲の音がよく通る。表に出て廊下から階段下を覗いて見ると、どうやら揺れているのはアパートの玄関ドアだ。

「あれ、また出かけてたのかな?」

ミチルの猫だと思った。昼間開いていたドア脇の窓は閉じられており、締め出されてしまったのだろうとスリッパ履きで階段を下りる。

ニャア。

明らかな猫の声がしたのは、ドアノブに手をかけた瞬間だった。

背後の部屋からだ。一〇二号室はずっと賑《にぎ》やかなテレビの音が響いており、ミチルと母親の笑い声の合間に猫が一緒になって鳴くのが聞こえた。

ドアに嵌ったステンドグラスの向こうには、黒い塊《かたまり》が揺れる。

猫じゃない――

まだ押してもいないドアがギッと蝶番《ちょうつがい》を軋ませて開き、カンナはひっとなった。

「がっ、ガクタさん」

また猫と間違えてしまった。

夜の色に溶け込んだ男は、黒髪の下の鋭《するど》い眸をカンナへ向けたが、言葉はやはりなにも響いて来ない。まるでドアの前の無機質な障害物でも退《ど》けるかのように、カンナをその身でぐいと押しやり入ってくる。

「あっ、あのっ、ガクタさん、今日のお昼は失礼しました。悪気はなかったんです。ただちょっと気になることがあって……」

一瞥《いちべつ》もくれない男は妙な姿勢をしていた。やや前屈《まえかが》みに背を丸め、右手で指が白《しら》むほど左腕をしっかりと摑《つか》んでいる。ドアを開けた瞬間も、カンナを押し退ける際も、接着剤で貼りつけたみたいに握ったままで、そのせいで楽にドアを開けられなかったのだと気づいた。

男の左手の甲には、焼け焦《こ》げたような黒い筋《すじ》がいくつも這《は》っている。

「どうしたんですか、それ……」

行き過ぎようとしたガクタの腕に思わず触れた。反動で握っていた右手がずれ、だらりと下げた左手の黒い筋の上を赤いものが生々しく辿《たど》った。

「これって……血？」

気づいた途端、ぞっとなる。黒い焦げのようなものも、乾いて赤黒くこびりついた血だ。ジャケットの袖《そで》からぶわりと溢れ落ちた血は床を打ち、同時に感情までもが噴き出した。

『痛い、痛い、痛い。くそっ、腕が痛《いて》ぇ！』

「すっ、すみませんっ……この怪我、どうしたんですかっ？」

ガクタは言葉を持たない動物ではなかった。

虚ろだった心が問いに応える。

『切られた』

「誰かに怪我させられたんですかっ⁉」

『知らない男。ナイフ。役目。俺の。守らなきゃ……痛い。痛い、痛い、痛い、痛い、痛い、痛い――』

切れ切れの単語がフラッシュバックでもするかのように響いた後は、苦痛を訴《うった》える『声』で埋め尽くされる。傷は深いのかもしれない。そのくせ表情は動物か石像のように一つも変えないアンバランスな男を前に、カンナは一人右往左往《うおうさおう》する。

「と、とにかく手当てしましょう！　いや、病院っ、そうだ病院に行かないと！　この時間でも夜間受付してるところなら……」

「……さっきから」

昼間見たときよりもやや青い、血の気《け》の引いた唇が動く。まるで喋《しゃべ》るのは久しぶりであるかのような、ぎこちない掠《かす》れ声《ごえ》。

実際、それがカンナの初めて聞いたガクタが唇から発した声だった。

「さっきからおまえは一人でなにを喋ってるんだ?」

「えっ、あ……あの、怪我をどうにかしないと……」

「こんなもの、舐《な》めときゃ治る」

ガクタは言い捨て、二階への階段を上る。

野良猫じゃあるまいし、舐めてどうにかなるはずがない。野良猫だって、病院が治してくれる場所だと理解できるものなら行くはずだ。

痛いと言っている。体が悲鳴を上げている。それは人だけでなく、すべての生きるものの共通の本能だ。

「ガクタさん、ちょっと待ってくださ……」

「触るな!」

止めようとしたカンナは、一喝《いっかつ》されて委縮《いしゅく》した。ガクタの眼差しは、見るものすべてを凍りつかせるほどの迫力がある。

『人殺し』

ミチルの言葉がまた頭を過《よ》ぎった。

そんなわけがない。今血を流して怪我をしているのはガクタのほうだ。

そう思うのに、心臓がぎゅっとなって動けなかった。じっとしている間に階段を上る姿は失《う》せ、今度は二〇三号室のドアをガタガタ揺する音がした。

カンナがようやく動き出したのは、開いたドアを閉じる音が聞こえてからだ。

二階に上がっても、奥の閉ざされたドアをしばらく見つめるだけで精一杯だった。


人にお喋りが好きな人と、そうでない人がいるように、心の声も皆同じに響くわけではない。グルグルと愚《ぐ》にもつかないことを休みなく考える人間もいれば、穏《おだ》やかな空に浮かんだ雲のようにのんびりとものを考える人間もいる。

昔、カンナはガクタのようになにも考えていない、心の空っぽな人を見たことがある。

その人は病院の屋上にいた。

春の日差しに照らされた白いコンクリートの上を、長いスカートの裾をひらひらさせながら、スキップでもするみたいにふわふわと歩いていて、歌を口ずさんでいた。なんの歌だったのか判らない。小さな声だったし、きっと本人も無意識だっただろうと思う。

だって、その人はなにも考えてなかった。

まるで青空に浮かんだ風船のように空っぽで、軽くて、ただゆらゆらしていた。

見つけたカンナは目が離せなかった。空の深みに上って行く風船は自由で、真っ青な色の海の中にポツンと浮かぶ違う色は美しいけれど、仰ぎ見れば寂しさを覚える。

もう二度と会えないと知っているから。

同じだ。

風船のように空っぽだった人もまた、三日後に死んだ。

自殺だった。

言葉はなにも聞こえなくとも、自分には普通でないことが判っていたのに。救うことはおろか、声をかけることもできなかった。カンナはそのとき、九つになったばかりだった。

誰も自分を責めない。責める理由がない。

でも。

『きーちゃん、たくさんいるね。ほら、哀しい人がたくさんいるの。この力で助けてあげなきゃ、神様がそのためにくれた力よ』

母さん。

そうだね、助けないと。

でなきゃ、僕もきっと——

「……っ……さんっ！」

唐突に声を上げたカンナは、部屋で横になっていた。目を開けた途端、眩《まぶ》しい光が照射《しょうしゃ》して、堪《たま》らず開いたばかりの目蓋《まぶた》をぎゅっと閉じる。

カーテンのない窓から差し込む朝の光が、布団の上を足元から白く這い上がり、枕の上のカンナの顔まで到達していた。

夢を見た。

屋上の夢だ。手を伸ばそうともしなかった舞い上る風船のイメージが頭には残っていて、身を起こしたカンナは『はあ』と小さな溜め息をつく。後頭部のぼさぼさになった栗色の髪もそのままに、しばし呆然《ぼうぜん》と窓のほうを見つめようとして、響いた音にびくんとなった。

なにか重いモノが窓の向こうに落ちる音。右側のガクタの部屋のほうだ。ドスンともドサリともつかない音に、カンナは布団を跳ね除《はの》けて飛び起き、窓を開けて表を覗き見る。

草むらに落ちているのは人ではなく、青っぽい布の大きな塊だ。

「……布団？」

隣を見ると、同じく下を覗いている男がいた。まさか、干そうとして落としてしまったのか。

カンナは紺《こん》のカーディガンを引っ摑んでパジャマの上に羽織《はお》りながら表に出た。

「ガクタさん、手伝いますよ！」

廊下で顔を合わせても反応のない男の後に続き、布団のところへ向かう。敷布団だった。アパートの前庭に茂った緑はまだ朝露《あさつゆ》に濡れていて、布団も少し湿ってしまっていたけれど仕方ない。

「なんで干そうとしたんですか？　わざわざ手を怪我してるときに……」

ついた草を払いながら懲《こ》りずに話しかけると、『汚れたから』と返ってきた。抱えるために広げ直してみれば一部が濡れており、薄赤く残った色に、布団を干す羽目になったのは怪我のせいだと判る。

見れば、ガクタのグレーのトレーナーの左腕は新たな血が滲《にじ》んでいた。

『痛い、痛い』

「ガクタさん……」

『痛い、痛い』

「悪いな」

布団を二階の部屋まで運び入れるのを手伝うと、珍しく人間らしい言葉をかけられたものの、礼を言われた驚きよりもガクタの苦痛でカンナの胸までいっぱいになった。

閉じようとしたドアに、無理矢理体をねじ込ませる。

「病院、一緒に行きましょう」

やっぱりこのまま放ってはおけない。

燻《くすぶ》る夢のイメージにも背を押される。

「ガクタさん、行かなきゃだめです！」

『なんでだ？』

「だって大怪我してるんですから！」

『そうじゃない。なんでこいつが病院に行かせたがる？』

「あ……」

昨日同じアパートに越してきただけの住人。会話だってまだろくに交わしておらず、今だって一方的に心の声に応えているだけだ。

怪しむのは当然だろう。面食《めんく》らったようにただ自分を見つめ返す男の『声』に、カンナは応えようと言葉を探す。

「ぼ、僕も引っ越してきたばかりで判らないから、病院の場所知っておきたいんです。じ、持病もあって不安で……だから、一緒に行ってくれませんか？　ほら、ガクタさんだってまた布団汚れたら嫌じゃないですか？　病院に行けば、きっと早く治りますよ！」

なんとかその気にさせようと必死で訴えかけた。

ガクタは、ただじっと自分を見ていた。

かまちに頭の触れそうな位置から。背丈は百九十センチ近くあるかもしれない。無表情な顔で見下ろされると、大きな肉食獣にでも睨《にら》まれたみたいにカンナはやっぱり身を竦《すく》ませてしまう。

でも、昨日の晩のようにあっさり引き下がったりはしなかった。

ガクタは一言言い残し、部屋の奥に消えた。

「着替えてくる」


病院嫌いの犬猫でも宥《なだ》めすかして連れて行くような気分だった。午前中の病院は混んでいて、ガクタが途中で帰ると言い出さないかヒヤヒヤしつつも、どうにか診察を受けるところまで辿り着いた。

「我慢しても辛《つら》いだけだったでしょうにね」

処置を手伝った看護師によると、ガクタの二の腕の傷は二十針も縫《ぬ》うものだったらしい。

舐めてどうにかなる傷じゃない。

「やっぱり、ああいう仕事の人は病院には来づらいのかしら」

廊下の長椅子で待つカンナに話しかけてきた看護師は、言葉を濁しつつも意味深《いみしん》なことを呟いた。

「ああいうってどういう意味ですか?」

「えっ?　あっ、べつに深い意味は……」

『だって、あの雰囲気、どう見たって……』

「……雰囲気？」

問おうとすると、ちょうど包帯でシャツの腕を膨《ふく》らませたガクタが処置室から出てきて、看護師はそそくさと逃げるように去ってしまった。

後は会計をすませるだけだ。広い待合室のほうへと戻り、長椅子の空いた場所を見つけて並び座る。ガクタは『ニャア』とでも鳴きそうなほど、また動物臭い気配で、なにも考えていなかった。

無心でいられるほど痛くなくなったのならなによりだ。

「ガクタさん、よかったですね。落ち着いて」

「おまえは？　終わったのか？」

「え？」

「病気なんだろう？」

「あっ、今日は調子がいいから、また今度改めて……場所さえ判れば大丈夫です。大きくて立派な病院ですね。診療科目もたくさんありそうだし」

ガクタが選んだのは、バスで三十分ほどのところにある総合病院だった。待合室は毎日通っていそうな老人の姿が多く、入院病棟からやって来ているパジャマ姿の患者も見受けられる。

昔からある病院なのかもしれない。壁には最近は滅多《めった》に見かけなくなった、モザイクタイルの水鳥の大きなアートが嵌め込まれており、古めかしくも時代を感じさせる。

会計はスムーズに終わり、隣接《りんせつ》の薬局で処方された化膿《かのう》止めの薬をもらい、元来たバス通りへと向かった。バスを待つ際に、病院の白い建物を目にしたカンナは、もしかしてガクタは持病の話をしたから大きな病院を選んだのかもしれないと思ったけれど、隣に突っ立つ男からはなにも響いて来なかった。

ただ黙って二人でバスを待ち、黙ってやって来たバスに乗り込み、無言のまま空いた席へと並び座る。他人から見たら、きっと連れには見えない。二人掛けシートの隣に収まると、ちょっと迷惑そうに『狭い』とガクタがじろりと目線を送ってきたところなど、まさに赤の他人だ。

バスが走り出してからのガクタも、やっぱりほとんどなにも考えていなかった。

ただ窓の外を見ている。その目は流れる景色を追っているようにも見えるが、実際はなにも映していないに等しい。美しく紅葉した街路樹も、好天《こうてん》の空の色にも、ガクタはなんの感想も抱かない。

静かだ。

バスに乗り合わせた乗客たちは、一人客も二人客も相変わらず感情の窓を全開で、騒々《そうぞう》しく心の声を響かせているにもかかわらず、カンナとガクタの周囲だけが静けさに包まれている。

不思議な時間だった。

誰かが傍にいるのに、なにも聞こえてこない。

カンナはそっと隣を盗み見た。

柔らかな日差しに浮かんだ横顔の輪郭《りんかく》。強面《こわもて》なだけあって男らしい、野性味のある顔立ちだ。こんなに近くで誰かの顔をじっと見るのも珍しい。旅するように住む土地の変わるカンナの人間関係は希薄《きはく》で、一生の友と呼べるような友人も、恋人もいたことがない。

バスは駅前を経由して、ベッドタウンの丘陵地《きゅうりょうち》へ向かう路線だった。鉄橋の見える川沿いを離れ、繁華街が近づいてくると、通りの景色も賑やかになってくる。あまり綺麗に整えられた街並みではなく、大きなビルから小さな商店まで新旧入り混じっていた。

時刻は正午過ぎだ。今日は午後が休みの学校でもあるのか、バスが停まると制服姿の女子高校生が何人か乗り込んできた。周辺の歩道にも高校生の歩く姿が見える。

軒先《のきさき》にグループが集まっている店もあった。なにかと思えば、小さなテーブルがそこにあり、占いでもやっているようだ。手相占いか、タロット占いか。女の子はみな占いが好きだ。そういえば、カンナも昔学校で恋心を言い当てたら、二人の未来を教えてくれと無理難題言われて困ったことがあった。

心の声で人の気持ちは知れても、未来を占うことなどできないのに。

――どんな占いなんだろう。

女子高生の垣根《かきね》の間にちらちらと覗く様子が気になったが、バスはエンジン音を鳴らして発車し、小さな店の軒先は後方へ遠ざかって行った。

ふと視線がガクタと絡《から》む。

「お、思ったより、時間がかかってしまいましたね。もうお昼すぎてます」

「……そうだな」

「お腹空《す》きませんか？」

『減った』と返事が来るより先に、ガクタの腹から子犬が切なく鳴くような、なんとも表現しがたい音が響いた。強面の男にしては随分可愛らしい腹の虫だ。

『あっ』となったが、気恥ずかしい顔の一つもしない男に、カンナのほうがバツが悪くなってフォローに回る。

「僕もお腹ぺこぺこです。そうだ！　昨日食材の買い出しをしたんで、簡単なものでよかったら作って部屋に持って行きますよ。卵料理、好きですか？」

「卵？　卵は……」

『卵は美味《うま》い』

「じゃあ、作りますね！」

勇《いさ》み足《あし》のカンナを、ガクタは訝《いぶか》しむ。

「待て、まだ俺は答えてないぞ」

「あ……すみません、そうでした。えっと……どうぞ」

つい先走って心の声に応えてしまった。今度はちゃんと待とうと、バスの狭い座席の上でやや背筋を伸ばして身構えると、返ってきたのは違う言葉だった。

「おまえ、宗教でもやってんのか？」

「……しゅうきょう？」

「俺に親切ぶってもお布施《ふせ》なんかしねぇし、壺《つぼ》も奇跡の水も買わないぞ」

一瞬なんのことやら判らずに首を捻《ひね》りかけたが、下心を疑《うたぐ》られていると気づき、慌てて否定する。

「ちっ、違います。そんなもの売りつけたりしません。ただ僕は、あなたの役に立ちたいと思って……」

「役に？　点数稼《かせ》ぎか？　一体おまえの宗教では何点稼いだら天国に行けるんだ？」

「宗教じゃありませんって」

ガクタはどうやら他人の無償の厚意《こうい》など信じていない。よく知らない人間に食事を振る舞うと言われても、たしかに有難《ありがた》迷惑かもしれないけれど——

「ボランティアしたいならほかを当たれ。川でゴミ拾いでもやったらいい」

抑揚《よくよう》もなく突《つ》っ撥《ぱ》ねる男に、カンナは思わずムキになって食い下がった。

「でも、卵料理は好きなんでしょう？」

「卵ぐらい、みんな食べるだろ」

「それは……アレルギーじゃない限り食べるかもしれないですけど……そうだ、なにが好きなのか、当てたら食べてくれますか？」

「は？」

「好きなもの、作って持って行きます」

「ふん、そんなものがあったらな」

「はい。ガクタさん、ありますよね、好きな卵料理？」

無害を誇示《こじ》して道端《みちばた》の野良猫に近づくときのように、にっこりと微笑《ほほえ》みかけて男の顔を覗き込んだ。

それからバスはほどなく目的地へと着いた。

アパートの部屋に戻ったカンナが速攻で作り始めたのはオムレツだった。じゃがいも多めのスパニッシュオムレツだ。チーズ入りで、添えるケチャップは控《ひか》えめ。ノックした二〇三号室の、最初は細く開かれたドアが全開になったのは言うまでもない。

顔だけは不本意そうなガクタの腹の虫は、ミルクを前にした子犬のように鳴った。

「当てたら食べるとは言ったが、毎日食うなんて言ってないぞ」

ガクタは今夜も不機嫌な顔をしてドアを開けた。

「そうですか。お好きじゃないですか……今日は肉じゃがなんですけど。作りすぎてしまったので、ガクタさんもどうかと思いまして」

「……入れ」

顎《あご》でしゃくってガクタは応える。心ならずの態度を崩《くず》しはしないが、今夜も食べたいメニューは当たっていた。

もちろん作りすぎたなんてのは嘘だ。最初から二つ隣りの住人の分も考えて作った。こうなったら傷が治るまで世話を焼かせてもらうと決めたからだ。

病院を受診《じゅしん》した日も、ガクタはせっかくもらった化膿止めの薬すら飲もうとせず、オムレツの後は昼間っから酒を飲んで寝ようとしていた。食べ終わるまで見守っていたカンナに、『余《よ》計《けい》なお世話』を決意させるには十分だった。

とりあえず翌日から夕飯で様子を見た。約束をしているわけでもなく、ガクタはいない日もあったけれど、今夜でもう四度目だ。

ただ見張るように待つのも手持ち無沙汰《ぶさた》なので、カンナは自分の分の食事も持ち込んだ。部屋に入るのも、夕飯を共にするのも拒否されなかった。最初は受け入れられたのだと思い込んだけれど、そうではなく、ガクタにとって他人はいてもいなくても同じだからなのだと気づかされた。

会話はない。

目を合わせることもない。

テレビさえつけない男は、殺風景《さっぷうけい》な部屋の、物を並べるには十分に平らというだけの色気もない座卓で黙々《もくもく》と食事をする。

『美味い』

料理に満足しているのは判る。

『こっちも美味い』

部屋と同じくらい心の声もシンプルだ。

美味い。痛い。眠い。ガクタから聞こえてくるのは、本能に起因する言葉ばかりだ。もしかして自分の耳が壊れてしまったのではないかと懸念《けねん》するほどに、ガクタがなにを考えているのかさっぱり判らない。

実際なにも考えてはいないのだけれど、理解しがたくて途方に暮れる。それ以上に、一緒にいると息が詰まった。他人といるときには心の声を聞くのが常のカンナには、どうにも静かすぎるのだ。

「ガクタさんって、あんまり喋らないですよね」

背筋を伸ばした正座姿で動かしていた箸《はし》を止め、カンナは口を開いた。

返事はない。聞き流されたのかと思えば、諦《あきら》めかけた頃に返ってきた。

「ああ……まぁ、そうかもな」

「そっちじゃなくて……いえ、そっちもなんですけど、ガクタさんってあんまりその、たくさんものを考えたりしないですよね」

ガクタも箸を止めてこちらを見た。

やや失礼な言い回しであることに気づき、慌てて訂正する。

「いえ、悪い意味じゃなくて、もっとこうゴチャゴチャ考える人もいるっていうか……珍しいなって」

「俺が考えてないとどうして言えるんだ？」

「えっと、あまり話さないのでそうなのかなと……」

「べつに普通だろう」

あっさり言い切り、ガクタは食事の続きに戻る。そもそも、聞こえない人に普通の量であるかなんて判断がつくはずもない。

カンナは単刀直入に切り込んだ。

「あの、ガクタさんって死ぬ予定とかないですよね？」

「……は？」

まさに藪《やぶ》から棒《ぼう》だ。さすがのガクタも憮然《ぶぜん》としている。

「なっ、ないならいいんです。僕が勝手に心配してるだけですから、取り越し苦労なら……それはそれで」

「なんなんだ、まったく。死相でも出てるっていうのか？」

「危ないお仕事なんですよね？」

カンナの懸念は、空っぽの男が自ら命を絶《た》つのではないかということだったけれど、それ以外にも気がかりなことはある。

「『守る』とかってその、ガクタさんが前に言ってた気がして」

「……俺が言ったか、そんなこと？」

「け、怪我をして帰ってきたときに……痛くてうわ言だったのかも。守るのが役目みたいなことを。誰かを守るお仕事って……警備員？　ボディガードとかですか？」

『ボディガード……』

「まぁそんなもんだな」

肯定《こうてい》だけで詳しく語りもせず、ガクタは食事に戻る。命がけの仕事にしては淡々としており、職業への気概《きがい》はまるでない。なにもかもを諦め、興味を失ったかのような心が空洞の男。

『美味い』

聞こえてくる『声』に苦笑するしかない。

「ちゃんと薬飲んでくださいね」

食事の後、世話を焼くカンナがキッチンでグラスに水を入れて戻ると、ほんの僅《わず》かの間にガクタの姿が消えていた。座卓の向こうを覗けば、畳《たたみ》に寝転がっている。

腕を組んで眉間《みけん》にしわを寄せた男は、眠っているようだ。疲れているのか。昼でも夜中でも不規則に出かけており、いつどのくらい働いているのかもよく判らない。

「ん……」

ガクタは呻《うめ》いて組む腕を強くしたかと思うと、大きな体を丸めるように縮《ちぢ》め、思わずくすりとした笑いが込み上げる。仕草といい、きつい吊り目が閉じると柔らかな寝顔になるところといい、本当に猫のようだ。

大きなネコ科の動物――

寒いのだろう。なにかかけるものはないかと周囲を見回し、カンナはジャケットを拾い上げて体にかけた。

部屋の隅には無造作に衣類が山になっている。殺風景な部屋だけれど、ものが少ないだけでけして片づいているわけではない。怪我をしたから行き届かないのか、最初からこうなのか。たぶん後者なのだろうと思いつつ、カンナは衣類を畳《たた》んで積み始める。郵便物やらの散らばった書類もついでに重ねてまとめていると、前触れもなくガクタが目を覚ました。

「なにをしてる⁉」

突然の声にびくりとなる。

「がっ、ガクタさん……！」

手にした書類がまた散らばる。手首を引っ摑まれたカンナは問答無用で床に転がされ、胸を畳に擦《こす》りつける格好に押さえつけられた。

『こいつ、なにを探ってた？　なにを！』

「なっ、なにも探ったりしてません。ちょっと片づけようとしただけで……」

「おまえ、どこのもんだ？」

「しゅ、宗教じゃありませんってば！」

『宗教？　なんの話だ？』

「ああ……ボランティアの話か」

ガクタは起き上がったときと同様、また唐突に動きを止める。掴まれて捻《ひね》り上《あ》げられた腕は、解放されてもまだ痛んだ。

「親切ごかしに近づいてきて、気持ち悪いんだよ。もう食ったんだ。食器持ってさっさと帰れ」

「ガクタさん……」

「なんだ、その顔は。不満なのか？　おまえが勝手にやってることだろう。お節介も大概《たいがい》にすんだな、こんなことしてなんになる。おまえになんのメリットがあるんだ？」

「人はメリットのためにだけ動くわけじゃありません」

「はっ、無償だって言うのか？」

「違います」

カンナの答えは予想外だったに違いない。

男は不意打ちでも食らわされたみたいな顔をして、それから腹立たしげに返した。

「ボランティアならほか当たれって言っただろうが。草むしりでもゴミ拾いでも、やることはいくらでもあるだろう。俺にどうしてもちょっかい出したいなら、それからだな」

少女に声をかけられたのは、ケヤキの陰から姿を現わした太陽が、西の空へとだいぶ傾いた頃だった。

「カンナ、なにやってるの？」

アパートの手前の庭にしゃがみ込み、俯いて雑草を引っこ抜いてはビニール袋に入れるを繰り返していたカンナは、眩しそうに目を細めて彼女を仰いだ。季節外れの麦わら帽子のつばを、土埃《つちぼこり》で汚れた軍手の指先でちょっと押し上げる。

「見てのとおり、草むしりだよ」

「そんなのしなくったって、もっと寒くなったらどうせ枯れるよ。去年も茶色くなってたもん」

「うん、でも庭が広くなったら歩きやすいでしょ。それに、布団が落ちても朝露で濡れずにすむし」

「ふとん？」

今日は猫柄の髪飾りをつけたミチルは、勉強道具の入った赤いキャンバス生地のトートバッグだけでなく、手には白いビニール袋を提げていた。

「ミチルちゃんは学校の帰り？　買い出しまで自分でやってるんだ、偉いね」

「新しいキャットフードを買ってきたの。最近メイがあんまりご飯食べてくれなくて……」

心配げな少女の心の声が響いてきて、カンナは元気づけるように言う。

「病気じゃないと思うよ。メイは、三軒隣りの奥さんに近頃缶詰を食べさせてもらってるみたい」

「えっ、本当に？」

「うん、今度三軒隣りの人に訊いてみたらいいよ。メイが飼い猫なのはたぶん知らないんじゃないかな」

自由を愛するメイは、どうやら毎日のようにミチルや母親の目を盗んで飛び出している。カンナもその姿を二度見かけた。秘密のパトロンの情報を得たのは、向かいの家の車のボンネットで満腹の腹を抱えて昼寝をしているところに遭遇したときだ。

カンナがこの街へ越してきて、一週間になる。

草むしりの続きに戻ろうとすると、隣りに並んでしゃがんだミチルが神妙な声をして言った。

「ねえ、動物の言ってることが判るってどんな気持ち？」

自分の話を信じる気になったらしい。

子供は素直だ。どんなに大人びた物言いで、しっかり者の振りをして、弁当を一人で作ってすらいても、子供の柔軟な心には常識に囚《とら》われない夢や希望がある。

しかし、カンナにとってはファンタスティックな夢などではなく、ただの現実だった。

「そうだね……息をしてるみたいな気持ちかな」

「え？」

「ミチルちゃんは息をするってどんな感じか考えないし、息をしないで生きる気持ちがどんなかもよく判らないでしょ？　そんな感じ」

「えっと……普通ってこと？」

たとえば魚が水中で呼吸をするのはどんな気分だろう。鰓《えら》を膨らませては閉じ、銀色の鱗《うろこ》を煌めかせながら大海原を泳ぐ。乾いた土地を知ることもなく、ただ水面を強く照らす光に焦《こ》がれて暮らす。あるいはその光さえ届かない、暗く冷たい海の底で一生を終える。

魚になった自分も、魚の目に映る世界も、人には理解できない。

同じことだ。

黙々と草を抜く作業をカンナは続ける。

「ねぇ、カンナはどうして越してきたの？」

抜こうとした草を一瞬先に摑んだミチルが唐突に尋ねた。

「二十歳になったら叔父さんの家は出る約束だったから。ちょっと過ぎちゃったんだけどね」

「おじさん？　親戚のおうちに住んでたの？」

「うん、実家はもうないんだ。父さんは最初からいないし」

「そっかぁ、うちと一緒だね」

カンナは父親の顔を知らない。

けれど、父親になるはずの人がいたことは知っている。子供の頃、近所の子供と家の中でかくれんぼをしていて開いた洋服ダンス。潜《もぐ》り込《こ》もうとした箪笥《たんす》には、カンナの侵入を拒《こば》むように裾の嵩張《かさば》る真っ白なドレスが入っていた。大きくなるまで判らなかったけれど、あれはウエディングドレスだ。

母は結婚はしていない。だけど、結婚する予定の人はいたのだろう。

どうしてその男は母の前からいなくなってしまったのか。

「わっ!!」

ミチルが叫んだ。摑んだ草の根が思いのほか深かったらしく、引っこ抜いた勢いでよろけて尻餅《しりもち》をつく。ごろんと転がった少女に驚き、カンナは背後を振り返った。

「だっ、大丈夫?」

「イタタタ、この草ってば根っこがすんごい深くて隠れてるんだもん」

年老いた婦人のように腰を押さえて呻《うめ》き、太い根をだらんと伸ばした草をビニール袋に入れる。

「ねぇ、お母さんはどうしたの?」

「母さんは……子供のときに病気で死んだ」

「じゃあ……カンナ、寂しいよね。おじさんに育ててもらったの?」

「叔父さんの家にいたのは一番長かったけど、三年間だよ。その前は従姉妹《いとこ》の家。もっと前は伯母さんのところで……ああ、伯母さんの知り合いのうちに住ませてもらったこともあったっけ。すごく大きくて緑に囲まれてて、隣に教会の礼拝堂もあってね。ちょっとこのアパートのステンドグラスが雰囲気似てるんだ」

思い返すカンナは、ダイヤ型のステンドグラスの嵌った玄関ドアのほうを見た。

小学校四年のときだった。

「……くん、ねぇしばらくアズミの家に行ってみない？」

朝、焼いたトーストにバターを塗《ぬ》っているときに伯母が言った。

「身寄りのない子が共同生活をしているおうちなの。山の綺麗なところで近くにキャンプ場もあってね、とっても素敵よ。あっ、あなたを追い出そうって言うんじゃないのよ？　同じ年頃の子がたくさんいるから、きっと楽しいと思ってね」

白い皿に載せたトーストを差し出すと、寝間着姿の伯母は『マーマレードがよかったのに』と心の声を響かせながら齧《かじ》りついた。

サクサクと鳴る音と共に伝わる伯母の心。

カンナは微笑んで「行ってみたいです」と応えた。

緑を抜くごとに、広がっていく茶色い地面に視線を戻し、カンナはただ淡々とした口調で語った。

「本当はさ、高校を卒業したらすぐ一人暮らしを始めるつもりだったんだ。でも、叔父さんも叔母さんを亡くして家事をする人がいなかったし、働いて生活費を入れたら叔父さんの生活も楽になるかと思って」

「働いてたの？」

「うん、工場でね。でも不況で人員を減らしたいって言われたんだ。退職の希望者を募《つの》るって。ただ、ほかの人はみんな家族がいて……子供とか、病気のお婆ちゃんとか。みんな仕事をなくすと困るみたいだったから、僕が辞めることにした。僕は一人みたいなものだし、それに母さんの遺産もあるから……」

「遺産⁉　って、お金のことだよね？　なんかすご～い！　カンナって、お金持ちなんだね」

テレビドラマかなにかの影響だろう。ミチルの中では遺産とは莫大《ばくだい》なものと決まっているらしい。

「お金以外のものも残してくれたよ」

「お金以外ってどんな？」

「動物の気持ちが判るのはね、たぶん母さんの遺伝なんだ。それで、できれば僕は人の役に立ちたいと思ってるんだけど」

本来判るのが人の心だとは露《つゆ》ほども思っていないミチルには突拍子《とっぴょうし》もないことだったようで、きょとんとした顔になる。

「人の役?」

「そう。メイのご飯のことも、ミチルちゃんに教えられたでしょ」

「そっか！　ペットのお腹痛いのとか、散歩の行きたいところとかも判るよね！」

純粋な少女の納得に、カンナは「そうだね」と応えてちょっと笑った。内緒話でもするように庭で寄り添う二人は、くすくすと笑い合い、それからまた草を引っこ抜く。

「人の役かぁ、そんなのミチル、考えたことないな。カンナって王子様みたいだね」

「え?」

「『幸福の王子』って知ってる?　街の高い丘に立ってる、みんなを助ける王子様の像の話だよ。このアパートもほら、坂道のてっぺんにあるし」

カンナも物語は本で知っている。たしかに高台の上だけれど、風見鶏も折れて曲がった古いアパートだ。

「銅像《どうぞう》はピカピカの金色でね、キラキラの宝石もついてるの。それを貧しい人にあげて助けるんだよ。お供《とも》は鳥じゃなかったかな」

「渡り鳥のツバメだよ」

お供とはまた、昔話の鬼退治《おにたいじ》のようだ。小さく笑ったカンナの顔を、ミチルは隣りから覗きこんでくる。

「カンナも髪とかフワフワしてて、顔も綺麗だし王子様っぽい。それにいい人で、優しいから」

カンナは首を横に振った。

「僕は優しくなんかないよ」

「どうして？　人を助けようとする人は優しい人じゃないの？」

「息をするのと同じだよ。息をしたら、吐かなきゃならないんだ。ずっと吸い続けるなんてできないでしょ？」

「それはそうだけど……どういう意味？　カンナって、なんか難しいこと言うんだね。褒《ほ》めてんだから、べつに『優しい人』でいいじゃない」

ミチルはいつの間にか自分を買ってくれているらしい。これも、メイのおかげか。

人によって受け取る印象も随分違うものだ。

「ガクタさんにはお節介だって言われたけどね」

「なにそれ。っていうか、あの人に近づいちゃダメだって言ったのに！」

「ミチルちゃん、こないだガクタさんを『人殺し』って言ってたの、あれどういう意味？」

途端にミチルは言いづらそうに顔を伏せた。

『お母さんが……』

「お母さんが怖い人だって。喋ったらいけないって。それにね、私見ちゃったの……あの人が血まみれで帰ってきたとこ」

「血まみれ？」

「うん、シャツが真っ赤で、手も赤くて、あれは絶対人を殺してきた後だったんだと思う」

怪談話でもするように声を潜め、耳打ちしてくる。子供の想像力の逞《たくま》しさには敵《かな》わない。

「それなら、ついこないだもガクタさん血だらけだったよ」

「えっ、また誰か殺したの⁉」

「違うよ。怪我をしてたんだ。誰かを守ろうとしたみたい。それが仕事なんだって……ミチルちゃんが見た血も、そうだったんじゃないかな？」

諭《さと》すように語れば、ミチルは自信がなさそうになったものの、一度抱いた不審感はそうそう晴らせないらしい。

「で、でも……あの人悪い人だよ、絶対！　だって刑務所にいたんだって。大家さんが言ってたもん。住めるとこないから、住まわしてやってるんだって。刑務所って、悪いことをした人が行くとこでしょ？」

「……それが本当でも、刑務所から出てきたなら罪を償《つぐな》った人だよ」

カンナは立ち上がった。抜いた草を入れ続けた袋はもうパンパンに膨らんでいる。

新しい袋に替えようと口を結んで閉めるカンナの後ろで、ミチルは不貞腐《ふてくさ》れたようにしゃがんだままだった。

「ミチルちゃん、本当は悪い人なんてそんなにいないんだよ、この世界には」

「……じゃあ、どんな人がたくさんいるの？」

「そうだね、哀しい人かな。だから僕は助けられたらいいのにって思うんだ」

「ふうん、カンナって本当に王子様みたい」

ミチルは根負《こんま》けでもしたみたいに、小さな溜め息をついて言った。

ペンキの剝げ落ち、黒ずんだ木肌の覗いたアパートの際《きわ》に袋を移しながら、カンナは背を向けたまま問う。

「そういえば、『幸福の王子』の終わりってどんなだったか、ミチルちゃん知ってる?」

「うーん、忘れちゃったなぁ、おとぎ話みたいだから、みんなで幸せになるんじゃないかなぁ」

間延びした答えが返ってきて、カンナは微かに笑んだ。

「だったらいいね。僕も忘れたよ」


窓を開けると虫の音が大きく聞こえる。

住処《すみか》を奪われた虫たちの抗議の声だ。

虫の気持ちまで判るわけじゃない。罪悪感がそう思わせるだけだった。見通しのよくなり過ぎた庭ではさぞかし暮らしづらくなっただろうけれど、賑やかな鳴き声は逞しく、どうやら裏庭のほうへ移動したようだ。

夕飯の後、カンナは開けた窓の木枠に頬を乗せ、だらりと脱力した姿勢で表を見ていた。草むしりなんて大した労働ではないと思っていたけれど、体は疲労感でいっぱいでギシギシしている。冷たくなった夜風が猫っ毛の前髪をふわふわ揺らした。

一番庭に気づいてほしい男の部屋はずっと暗いままだ。

――今日は帰りが遅いのかも。

べつに当てつけで草をむしったわけじゃない。純粋にただ、ガクタにも綺麗になったのを喜んでほしいだけだ。

けれど、ガクタのことだから何往復しても気づかず、感想一つ抱かないかもしれない。

「……ありえる」

窓枠に頬を貼りつけたまま、カンナはふと壁際に置きっ放しの灰色のボストンバッグに視線だけを向けた。ずるずると引っ張って手繰《たぐ》り寄せ、バッグの底のほうから貴重品を探り出す。

窓辺に背を預けて座り直し、膝を抱えた。

そっと開き見たのは預金通帳だ。

「……はぁ」

こちらもまた溜め息しか出ない。

ミチルにはああ言ったものの、通帳のゼロの数は減る一方で、母の遺産はもう底を尽きかけている。

「働かなきゃ」

呟くカンナは、昼間スーパーでもらってきた無料の小冊子を今度は開いた。アルバイトの募集情報が載っていたので手にしたのだ。

希望は正社員だけれど、今は贅沢《ぜいたく》を言っている場合ではない。手に職と言えるほどの技能もないし、立派な大学を卒業した人でも就職の困難な時代だ。

「あ……」

あれも駄目、これも無理、経験や年齢で弾《はじ》かれてページを捲《めく》り続けていたところ、駅前のレストランのホール係の募集が載っていた。

当面の仕事にするには十分だ。

カンナはここへ越してから一度も電話としては使っていなかった携帯電話を、バッグから取り出した。

「本当ですか？　長く勤めたら正社員の可能性もあるんですか？」

翌日の午後、バイトの面接にレストランを訪《たず》ねたカンナは店長の話に目を輝かせた。

募集広告に記載のなかった正社員の道もあるらしい。店の入り口近くのボックス席で、履歴《りれき》書《しょ》を確認する店長の男は、喜ぶカンナに頷いて見せる。

「決めるのは本社だけどね。希望があればだいたい半年ぐらいで決まるかな。うちとしても長く勤めてくれる人のほうが助かるし。君は希望は夜シフトなんだよね？」

「はい」

「ちょうど一人学生バイトが辞めるから……」

説明する男は、突然「あっ」となにか思い出したような顔をして表情を曇らせた。

『ああ、でも昼も時々足りないいんだっけ。困るんだよなぁ、パートの人、子供が熱出したとかってすぐ休むし』

戸惑いの理由はすぐに伝わってきた。仕事を得るのに必死のカンナは、間髪《かんはつ》入れずに店長の心配事に応える。

「僕、昼間も働けますよ」

「え？」

「ほかのバイトもないので、午後でも午前中でも大丈夫です。連絡してもらえれば当日でも行きますし！　あの、もしパートの方が急にお休みしたいなんてことになったらですけど」

「それは助かるな。実は昼のシフトに休みがちの人がいて困っててね」

『この子に決めようかな。感じもいいし、気配りができそうだ』

店長の反応にカンナはますます表情を輝かせた。夜のシフトを最初に希望したのは時給がいいからで、昼に働きたくないわけじゃない。条件もいいし、なにより正社員の可能性があるのが嬉しい。

とんとん拍子で話が進み、このまま採用は決まりそうな気配だった。ただほかにも面接の予定が入っているらしく、返事は後程と告げられた。

「ああ、君ちょっと待っていてくれるかな。コーヒーでも飲んでて」

制服姿の女性店員に呼ばれ、店長は席を立つ。今日は週末の土曜だ。もう午後二時を過ぎた時刻で、店は落ち着きを見せているけれど、ほかに客の姿がないわけではない。

一人残されたカンナが、冷めるままになっていたテーブルのコーヒーのカップに手を伸ばしたときだった。

通路を挟んだ斜め前のボックスシートから『声』が聞こえてきた。

『やっぱりこの店も不採用だろうか』

驚いてそちらを見た。

中年の男が一人座っていた。シャツにスラックスのシンプルな格好で、着崩れているわけでもないのに、どことなくくたびれた感じのする男だ。この店に面接に来たらしい。

様子を窺《うかが》うと目が合ってしまい、男もカンナも気まずく視線を逸《そ》らす。

『若くて感じのよさそうな子だ。この子で決まるんだろうな。俺だって使ってくれたら一生懸命働くのに……くそっ、若い子がいいなら最初からそう年齢制限を書いていてくれれば』

声が聞こえる。

今にも頭を抱えそうな男の声が。

『いや、恨《うら》んだってしょうがない。リストラに遭《あ》った俺が悪いんだ。妻と子供だっているのに、仕事のできない俺が全部悪い』

閑散《かんさん》とした店は静かで、聞くつもりはなくとも耳に入ってくる。

『どうしよう。リエにも仕事が決まりそうだって言ってしまった。バイトさえ決まらないなんて……俺は駄目だ、俺はもうなにをやっても駄目な人間なんだ』

「待たせたね」

カンナは、じっと手にしたカップの中を見ていた。身じろぎもせず黒い液体を見据《みす》え、シートに腰をかける店長の姿にはっとなって顔を起こした。

「君、どうかした？　コーヒー、苦手だったかな」

「え……あっ、いえ、とんでもありません。大丈夫です」

苦いコーヒーは一息に半分ほど飲んだ。


駅は今日も混んでいた。

コンコースの真ん中の案内所には人だかりができ、近くのパン屋のスタンドの女性は今日もベルを鳴らして、笑顔でクロワッサンの焼き立てを知らせている。

面接を受けた駅裏のレストランを出たカンナは、バスに乗るため、駅の表側の停留所に向かおうと通りがかったところだった。

用もないのに足が止まった。この街へ来て最初に目にした光景を前に、ただなにをするでもなく柱の前に佇《たたず》んだカンナは、右へ左へと流れる人の川を見つめ続ける。

手に握り締めた携帯電話が鳴った。

すぐに電話に出た。レストランからだ。採用の連絡を店長の男は揚々《ようよう》とした声で告げ、カンナは真《ま》っ直《す》ぐに前を見据えたまま声を発した。

「すみません」

返事はもう決まっていた。

「すみませんが、バイトはお断りさせていただきます」

『はぁっ⁉』

「予定が変わって、行けなくなってしまいました」

『予定って……どういうこと？　さっき話したばかりだろう。もしかして、ほかのバイトが決まったの？』

応えられずに一瞬沈黙したカンナに、男は電話越しにも聞こえる溜め息を響かせ、苛立《いらだ》ちを言葉にした。

『君ね、ほかに行く可能性あったなら面接のときにちゃんと言ってくれないかな。こっちだって都合があるんだから。昼も夜も働けるようなことまで言ったくせに』

「……すみません」

電話を切っても、しばらく放心したままだった。

後悔はしていない。

もう決めたことだ。

バイトを断ることじゃない。もっとずっと前に、母を亡くしていろんな街を旅するように移り住み始めたときに決めたこと。

自分は人を救わなきゃならない。

なのに他人の足を引っ張るような真似は駄目だ。

「帰ろう」

ここでいつまでもぼうっとしていても仕方なかった。歩き始める。人の川の流れに乗っかり、声と『声』のざわめきに押し流されるようにして正面口まで辿り着く。

ビルの谷間の薄青い空が見えたところで、ぶつかりそうに脇を荒っぽく通った男の『声』がした。

『知らねぇよ、ゴミ押しつけやがって』

男の投げたものが地面へと落ちる。打ち捨てる勢いだったが、丸められてもいない紙切れはひらりひらりと空《くう》を切って左右に揺れ、カンナの足元に吸い寄せられるように着地した。

「チラシ?」

ノートサイズぐらいの紙だ。繁華街の中心の駅であるから、飲食店などのチラシだろうと思いきや、目に飛び込んできたゴシック文字に目を瞠《みは》らせた。

『人を探しています』

黒く大きな文字でそう書かれていた。

引き伸ばしたらしい集合写真の画像は粗《あら》い画質だけれど、映し出された男の目鼻立ちが整っているのは見て取れる。三十歳前後に見え、当時二十九歳で十年前の写真だと記《しる》されていた。名はアキムラカズヨ。

立ち止まってビラの内容を一通り確認したカンナは顔を上げ、周囲を見渡す。ロータリーを渡る横断歩道の手前に、ビラ配りをしている男の姿があった。

黒いタートルネックシャツに、茶系のジャケットを着た背の高い男だ。

根拠もなく人探しをしているのは女性だと思い込んでいたカンナは、少し意外に感じつつ歩み寄る。親戚や友人だろうか。写真の男に顔は似ていない。黒髪の短髪の横顔に笑みはなく、けれど『お願いします』と黙々とビラを配る姿は端然《たんぜん》として見えた。

受け取ったビラを捨てる心無い人はそこにもいて、男は時々配る手を休めては拾い集めている。

「あの、これ……」

カンナはそろりと近づき、先ほどのビラを差し出した。

「ああ、いりませんでしたか」

「いえ、そうじゃなくて、落として行った人がいたから」

「わざわざすみません」

年は三十代半《なか》ばぐらいだ。一回り以上離れているにもかかわらず、丁寧に話しかけてくる男にカンナは好感を覚えた。

「人を探してるんですよね？」

「ええ、この辺りで似た人を見かけたって情報があったんで……」

『もしかしてこの子、なにか知ってるのか？』

カンナは慌てて首を横に振った。

「すみません、違うんです！」

「え？」

「あ、今もしかして僕がなにか知ってると思われたかなって……僕は越してきたばかりで、この街のことはなにも判らないんです。ただ、人探しって大変そうだから気になって」

「そうですか。気にしてもらえるだけでも助かります。できることは全部やりたいと思って配ってるんですけど、なかなか……」

『こんなのは自己満足だな。判ってる』

「そんなことないです！」

気落ちする男の言葉に、思わず励《はげ》まそうとしてまた反応してしまった。

さすがに二度も続けば怪しまれる。

『変な子供』『気味の悪い子供』、そんなありがちな感想を予期して逃げるように顔を俯かせた
カンナは、降ってきた男の穏やかな『声』に驚く。

『なんか、察しのいい子だな。まるでカズヨさんみたいだ』

「え……」

今度こそ素知らぬ振りをしようと思ったけれど、無視できなかった。

年齢も見た目も違う写真の失踪者と自分が似ているとは、どういう意味なのか。

「あの……僕、この方にどこか似ていますか?」

「似てるって……」

『まさか、聞かれたのか。今、心の声を』

男の『声』を聞き取るカンナは、零れ落ちそうに目を瞠らせた。

「その人も聞こえる人だったんですか?」


ガクタの部屋の小さなテーブルは、カンナの並べる皿でいっぱいになった。

トレーで運んだ夕飯に、さすがのガクタも目を丸くしている。好物であるはずの料理ばかりだ。追い返そうにも、腹の虫を子犬のように鳴らす男にはできなかったようで、胡坐《あぐら》をかいて

成り行きを見守りつつ、口調だけは憮然《ぶぜん》と言う。

「随分豪勢だな。今日はなにがあったんだ」

最後にご飯を盛った茶碗を置いた。カンナの部屋には小ぶりの茶碗しかないが、ガクタはよく食べるので、白い炊《た》き立てご飯は山盛りだ。

「すみません、つい嬉しくて」

夕方、駅前で知った事実はカンナの心を弾《はず》ませた。

自分と母以外にも、心の声の聞こえる人がいる。

ビラを配っていた男の名はシュウといい、探している彼は人の心が聞けたのだという。

今はもう聞こえないらしいとはいえ、この世界のどこか――いや、もしかしたらこの街に自分と同じ力を持っていた人がいる。

初めてだった。聞こえる人の存在をほかに知るのも、聞こえない人でありながらそれを受け入れ、探しているシュウのような男も。

それに喜ばしいのは駅前の出来事だけではない。

「ガクタさん、明日で十日目ですね」

カンナの言葉に、ガクタは無言でシャツの左腕を捲《まく》り上《あ》げる。包帯は勝手に取り払われ、二の腕に一文字《いちもんじ》に走った生々しい傷跡には、縫合《ほうごう》の黒い糸が目立つ。

恐る恐る見つめれば、ガクタは身を捩《よじ》って背後の棚《たな》をごそごそし始め、ハサミを手にして振り返った男にカンナはぎょっとなった。

「なっ、なにするつもりですか!?」

「明日で十日なんだろう？　やっと抜糸《ばっし》できる」

「ちょっ、ちょっと待ってください！」

「なんだ？　べつに数時間ばかり早くたって、どうってことないだろう」

「そうじゃなくて！　自分で糸を抜くつもりですか!?　ダメですっ、絶対ダメですからっ!!」

ガタガタとテーブルを鳴らして止めに入ったカンナは、ずいっと箸《はし》を差し出した。「とりあえず食事が冷めるから食べましょう」と促《うなが》し、ハサミの代わりに握《にぎ》らせる。

左利《き》きの男は器用に左手で箸を操《あやつ》り、豚の生姜《しょうが》焼きを口に運んだ。

『美味《うま》い』

いつものように響いてきた飾り気《け》のない『声』に胸を撫《な》で下ろす。食事に意識が移ると、腕のことをガクタはあっさり忘れた。基本、痛まなければ気にしないのだ。

――本当に動物みたいな人だな。

自分で抜糸なんて有り得ない。

抜糸のためにガクタを病院へ向かわせるのは、どうやら至難《しなん》の業《わざ》になりそうだった。

そして、覚えた不安は的中した。食後の説得は大いに難航《なんこう》、あまり口達者《くちだっしゃ》でもないカンナは持てる言い訳をすべて駆使《くし》せねばならず、ガクタは翌日になっても不機嫌だった。

翌朝、どうにか連れ出すのには成功したものの、病院の待合室に収まってもなお不満を聞かされる。

「どうせハサミでチョイチョイ切られるだけだろう。同じじゃないか」

無口な男が愚痴《ぐち》なんて珍しい。

よほど納得がいかないのだろう。総合病院の待合室は十日前と同じく混雑しており、いつ立ち上がって帰ってしまわないとも限らないガクタに、カンナはそわそわした。

人気《ひとけ》のない壁際の長椅子の周辺には、時間を潰《つぶ》すためのテレビもない。

「こ、これ大きな絵ですよね」

カンナは壁のモザイクのタイルアートを仰《あお》ぎ、気休めに話しかけた。

「上のほうとかどうやってタイルを埋《う》め込《こ》んだんでしょうね」

「さぁな」

「この鳥ってハクチョウですよね」

「さぁな」

まるで相手にされていない感じだけれど、いつも無関心のガクタの注意を引けているだけでも上出来かもしれない。

白い鳥はハクチョウにしてはやや小さかった。羽を大きく広げ、水面に向けて黒い足を伸ばしている。

「これって、飛んできたところでしょうか。それとも、今から飛ぼうってところなんでしょうか」

「飛んできたんだろう」

「どうしてそう思うんですか？」

『カン』

「勘って、ガクタさん……もっと具体的にポーズとかで判《わか》るわけじゃないんですか？」

どこまでも動物的だ。カンナは呆気《あっけ》に取られたが、壁画《へきが》を見ているはずの男がじっとこちらに視線を送っているのに気がつくと、どきりとなった。

「俺は動物学者じゃないんでな。どうしてそう、おまえはいつも人が言ってもいないことを先走って言うんだ？」

「……すみません……なんとなく、そうかなって思っただけです」

またうっかり心の声に応《こた》えてしまった。カンナがそそっかしいのもあるけれど、ガクタが口数の少ない男なせいもある。普通の相手ならポンポンと返ってくる言葉がなく、ようやく響いた『声』をつい普通の返事だと勘違いしやすいのだ。

『変な子供』『気味の悪い子供』、駅前では受けずにすんだ言葉をついに言われると思った。もう成人したから子供ではなく『変な奴』か。

何故《なぜ》かガクタには言われたくない気がした。すでに宗教だのなんだのと疑いをかけられ、これ以上の悪印象は避《さ》けたいからかもしれない。

カンナは身構えたけれど、ガクタの反応は違っていた。

「ぼやっとした顔の癖《くせ》して、短気な奴なんだな、おまえは」

「へ……」

「負けん気が強いのか。庭の草をむしったの、おまえだろ？　ちょっと言われたぐらいで、あそこまでやるなんてな」

見晴らしのよくなった庭。なにも言わないので気づいていないのかと思いきや、ガクタは知っていた。

ただ、その理由は認識に誤《あやま》りがある。

「ごっ、誤解です！　あれは当てつけなんかじゃありません！」

「違うのか？」

「当然です。僕はただ、本当にみんなが通りやすくなったらいいと思って……」

「みんなって、下の親子と俺とおまえしかいないけどな。あとは、大家《おおや》のばあさんがたまに見に来るぐらいか……あのばあさん、アパートの修繕《しゅうぜん》費用をケチってて、いつ倒壊《とうかい》してもおかしくないと思ってるから、入りたがらねぇ」

「倒壊……」

古さは判っていたけれど、そこまでとは知らなかった。少なからず驚くカンナに、男はさらに不意打ちで言った。

「悪かったな。こないだは、疑うようなこと言って」

「え……」

「ちょっと寝ぼけた」

それは言い訳であり、本当でもあった。詫《わ》びるガクタの気持ちが伝わってくることに、カンナはびっくりしつつも、素直に嬉しくなって笑んだ。

「急に寝るからびっくりしました。ガクタさんってなんだか……猫っぽいとこありますよね」

「はっ、俺が猫か。クラブのお姉ちゃんにも言われたことがねぇな」

「すみません」

「俺は犬だ」

シートの背凭《せもた》れに深く体を預けて壁画を仰ぐ男は、はっきりと言った。自嘲《じちょう》するでもなく、ただ事実をありのままに告げるような口調だった。

「ある人の犬をやってる。忠犬《ちゅうけん》ハチ公だな。その人がヤバくなると、犬笛《いぬぶえ》で呼ばれていつでも駆けつける」

『コイツで』とガクタが手の中で弄《いじ》ったのは、黒いブルゾンのポケットから取り出した携帯電話だ。

「お仕事のことですよね？」

「ただの仕事とは違うな。その人は俺の親代わりだ」

「親代わり……」

『あの人は俺を拾い出してくれた』

ガクタもまた自分と同じ、両親はいない子供だった。カンナとは違い、父親も知らず、母親も知らず。どこで生まれたのかも判らない。まるでぽっと天から落とされたように、真夏の公園のベンチに汚れた布に包《くる》まれて置かれていた。

その泣き声は蟬《せみ》の声に紛《まぎ》れ、発見されたときには衰弱《すいじゃく》しきっていた。施設に預けられ、ガクタは小学校までそこで暮らした。成績はよく、小さい頃から体も大きくてスポーツもできた。けれど、愛想《あいそ》を振《ふ》り撒《ま》くのが上手な子供ではなく、ガラスの檻《おり》に人が近づくと一匹だけ隅に行ってしまう子犬みたいな性格で、引き取る大人はいなかった。

そんなある日、大きく育ってしまったガクタにも援助したいと言う男が現われた。

それが、今の親代わりである男だ。

カンナはずっとガクタの横顔を見ていた。

その男とのことを思い出すガクタの『声』は、普段からは想像がつかないほど雄弁《ゆうべん》だった。今まで大人で、怖い顔をした男だと思っていたガクタの表情が、どことなく頼りなく子供っぽく見えた。

「ガクタさんって、年はいくつなんですか？」

ただ黙って絵を見上げていただけの男には、突然の質問だっただろう。

「……なんだ、急に」

「いえ、なんとなく」

「二十六だ。おまえは？」

「二十歳《はたち》です」

「ふうん、まだガキだな」

反論はしなかった。成人したと言っても、なにが大きく変わったわけでもない。ガクタの親代わりの男についてはよく判らないところがあった。

人間の親子は普通、息子が犬になったりしない。

傷を負《お》ったガクタの腕を、カンナはそっと窺《うかが》い、不意に身を起こした男は立ち上がった。

「順番がきたみたいだ。行ってくる」


窓を開けた途端、夜気《やき》の冷たさにカンナはぶるっと身を震わせた。

この街へ来てまだ二週間と経《た》たないのに、季節が移ろっているのを感じる。秋はもうすぐにも終わり、寒い冬がやってくる。

薄着のカンナは、身を竦《すく》ませつつ表を覗いた。確認してみた二つ隣りの部屋の窓は、やはり暗いままだ。

「今日は帰りが遅いのかな。夕飯、作りすぎたんだけど……」

最後の言葉は自分に言い聞かせているようだった。言葉には魂《たましい》がある。口にした傍《そば》から力を持つ。前向きな言葉は前向きに、言い訳はそれが真実であるかのように。

もう怪我《けが》は治ったのだから、食事の世話を焼く必要はない。気になるのは、たぶん昨日病院で少しだけ耳にしてしまったガクタの心のせいだ。親代わりであるという男のことが引っかかっていた。

不遇だった子供が、救いの手を差し伸べられてめでたしめでたし。どうしてもそんな風に思い切れない。

いつまでも待ち続けるわけにもいかず、カンナは自室で一人夕飯を食べ終えた。風呂に入る準備をしていた夜十時を回った頃だ。遠く響く物音に気がついた。

玄関のほうだ。部屋を出て階段越しに下を覗き見たカンナは、ガタガタと揺れる玄関ドアを目にして恐る恐る近づく。

胸騒ぎがした。

ニャア。

明らかな猫の声がしたのは、まさにノブに手をかけた玄関ドアの向こうだった。

「なんだメイ、出かけてたのか」

カンナは胸を撫で下ろしてドアを開け、おすわりで待っていた黒猫は、感謝するでもなく足元をするりと走り抜ける。一〇二号室のドアは十センチほど隙間が開けられており、心配して帰宅を待っているであろう家族の元へ、パトロールを終えたメイは消えた。

そして、猫は一匹ではなかった。

黒い大きな塊《かたまり》がカンナをずいっと押《お》し退《の》け、中へと入ってくる。ヒトの形を成していながら、人の気配を持たない生き物――

「がっ、ガクタさんっ!!」

無言で入ってきた男は応えようともせず、階段に向かった。拳《こぶし》を作った左手からポタリと垂《た》れ落ちて床を打つものに、カンナは目を見開かせる。

「血！　ガクタさん、どうしたんですか、また……」

信じられなかった。前と同じだ。

ようやく傷が治ったばかりというのに。

同じなのは怪我だけではない。

ガクタの心は空っぽだった。カンナの存在も意識しておらず、目の前にある階段を上る。ただ帰巣《きそう》本能で動物がそうするように、ねぐらである自分の部屋へと。

カンナは迷わず後を追った。

「そ、それっ、とにかく手当てしましょう。病院……もう一度、病院に行かないと！」

部屋の中まで勝手に入り込む。ガクタの反応はなかったが、六畳間《ろくじょうま》の明かりを点《つ》けたところでカンナは反対側の右腕を掴《つか》んだ。

「ガクタさん！」

「うるさい、掠《かす》り傷《きず》だ」

「前も出血続いたじゃないですか！　見せてください怪我、また左手なんですよね……」

敷きっぱなしの布団の端へ怠《だる》そうに腰を落としたガクタを前にし、カンナはぎょっとなった。その左手にはハンカチのようなものが巻かれている。どうやら今度は手のひらに傷を負《お》ったようだけれど、それだけではない。

黒いジャケットの下の白シャツにも、大きな血痕《けっこん》の輪ができている。

慌てて飛びつくようにしゃがみ込み、煩《わずら》わしがられるのも構わずにシャツのボタンに手をかけた。外して覗いても腹にも胸元にも怪我はなく、自身のものではなさそうだった。

「……誰の血ですか。襲ってきた人のですか？」

心臓をバクバクと高鳴らせ、カンナは問う。

「まさか……殺したりしてませんよね？」

ミチルに物騒《ぶっそう》なことを告げられてもしなかった質問を、今更尋ねるとは思ってもいなかった。

『殺しちゃいない。ボコって川に放り込んだ』

響いた『声』に安堵《あんど》する。ガクタが『殺してない』と言うからには、人を殺《あや》めたりしていないのだ。

心の声は嘘をつけない。

どんなペテン師も、空っぽの男も。

けれど、唇から零《こぼ》れ落《お》ちる言葉は、ときに有りもしない話を紡《つむ》ぐ。ホッと息をつくカンナを冷やかに見下ろし、ガクタは言った。

「殺してたらどうだって言うんだ？　ヤクザ者が人の一人や二人、殺してたって不思議じゃないだろうが」

「ヤクザ……もの？」

「はっ、まさか気づいてなかったってのか？　本当におめでたい坊ちゃんだな、おまえは。まぁ、これで判っただろ。ヤクザなんだから、暴力沙汰《ざた》で怪我なんてのは日常茶飯事だ。チョイと包丁で指切ったぐらいで大騒ぎする堅気《かたぎ》とはわけが違う」

組織的に犯罪行為にも手を染める暴力団。ヤクザだと言われれば、合点《がてん》のいくことがいくつもあった。今まで何故その可能性を考えなかったのかと呆れるほどに。

ガクタの言うように、自分はたしかに『おめでたい』のだろう。けれど、それでもどうしても理解できないことがある。

カンナは男の血のついたシャツを握り締めたまま、顔を深く俯《うつむ》かせた。

「判りません」

「はぁ？」

「やっぱり判りません！　そんなの変です。ヤクザだったら怪我をして当然なんて……ヤクザだって切られたら痛いじゃないですか。あなただって、今も痛がってる……そうでしょう？」

やや毒気《どくけ》を抜かれたようにガクタは応える。

「そりゃあ……痛《いて》ぇに決まってるだろう。でも向かってくる奴がいるんだから、しょうがない。今は小競《こぜ》り合いが多い時期で、余所《よそ》モンとシマの問題でごたついてるんだ。ついでに頭《あたま》取ろうって親父を狙《ねら》うバカも出てくる。おまえだってヤクザ映画ぐらい見たことあるだろ……って、見ねぇのか」

「僕には理解できません。それで盾《たて》になって怪我をするのが仕事なんて」

「ボディガードなら納得できて、ヤクザじゃ納得できないってか……」

「だって、あなた親代わりだって言ったじゃないですか。その人のこと父親みたいなものなんだって！」

摑んだシャツをもどかしげに揺すり、ガクタを仰いだ。

ただの仕事ならまだ判る。対価と引き換えに危険を伴う仕事は少なからずある。

けれど、ガクタは昨日自分に言ったのだ。

親に等しい存在であると——

「子供を犬扱《あつか》いする親なんていません。必要なときだけ犬笛……携帯で呼びつけたりもしません。あなたが信じて守っているその人は、本当にあなたを大切に思ってるんですか？」

「……くだらない。親父を悪く言うんじゃねぇよ」

「でもっ……」

『こいつになにが判る？』

ガクタの抵抗と憤《いきどお》りが伝わってきた。

僅《わず》かに身を強張《こわば》らせたカンナを突き飛ばし、ガクタは繰り返すように言った。

「おまえになにが判る？」

「少しは……少しはあなたのことを判ったつもりです」

生《お》い立《た》ちを知ったのは、打ち明けられたからではない。追想《ついそう》する心の声を勝手に聞き取ったからだ。卑怯《ひきょう》な方法に罪悪感も覚えるけれど、今更知らなかったことにはできない。

命にも関わりかねないことを、見過ごせるわけがない。

「……帰れ！」

ドンと強い衝撃が胸元に走った。ガクタに一突きされただけで、カンナは吹き飛ぶ勢いで畳《たたみ》に転がる。拒絶されてもなお、その目で懸命に男を見つめ返した。

「帰れません。傷の手当てをしないと……病院に行ってください」

「本当にお節介《せっかい》だな、おまえって奴は。そんなに神様の機嫌取りをしたいか？　もうだいぶ点数も溜《た》まっただろう。天国には行けそうか？　ああ、金持ちになりたいのか？　女にでもモテたいか?」

「違うって言ったでしょ、僕はただ……」

凄《すご》む男の顔が近づいてくる。

凪《な》いだ部屋の空気が男の動きに合わせてふわりと揺れた。

血の匂い。それからガクタの匂い。今まで特別意識したことはなかった男の匂いが鼻先を掠めた。不快ではないけれど、人もまた動物であるのを感じさせる雄《おす》の体臭だ。

覆《おお》い被《かぶ》さられると無意識に身が竦んでしまい、ガクタが鼻で笑った。

「そうだな、点数稼《かせ》ぎしたいなら、もっと俺を喜ばせろよ」

膝立《ひざだ》ちした男の足が、戯《たわむ》れにジーンズの股間《こかん》を突き、不意に走った刺激にビクつく。覚えたのは、ズンとした疼《うず》きとも取れる感覚だった。

「な…にをっ……」

「怪我の痛みを紛《まぎ》らわせてみろって言ってんだ。飯の世話ぐらいでイイコトした気になられたんじゃや敵《かな》わないんでな。人の欲はたしか三つあんだろ。食う、寝る、それから……」

『……ヤる』

「がっ、ガクタさん……」

「へぇ、察しがいいじゃないか。男でも女の代わりぐらいできるだろ、元気な両手もついてんだ」

両手を取って腰へと引き寄せられ、指先が男に触れるか触れないかのところで反射的に引いた。布切れを巻いたガクタの左手が擦《こす》れ、『声』が響く。

『痛い』

「あ……」

カンナはぴたりと動きを止めた。

忍耐強いガクタがおくびにも出さず、声でも表情でも示さずとも苦痛は伝わる。

「怪我でご無沙汰《ぶさた》だったからな。溜まってるんだよ、こっちは。おまえもつくもんついてるなら判るだろう？　この手じゃ当分マスもかけそうにないしな」

「病院に行ってくれますか？」

「あ……？」

「言うとおりにしたら、ちゃんと行くって約束してください。それなら……」

ガクタは驚いていた。

了承するなんて思わず、自分を部屋から追い出せれば、それだけでよかったに違いない。

『このガキ、本気か？』と心で疑いつつも、ガクタが頷く。カンナは手を引かれても今度は逃げなかった。スラックスの中心に押しつけられた手を、どうしていいか判らずただ震《ふる》わせる。

とりあえず、布越しのまだ柔らかい男を探った。手のひらで恐る恐る摩《さす》り上《あ》げる。兆《きざ》していなくとも自分のものとはまるで違うと判るガクタの性器は、強張るほどにその逞《たくま》しさを現わした。

「……ママゴトじゃねぇんだ。そんなちんたら弄《いじ》られても、俺は終わらねぇぞ」

息も乱さぬ男に急《せ》かすように腰を揺さぶられ、あからさまに性的な動きにカンナのほうが羞《しゅう》恥《ち》に頬が紅潮《こうちょう》する。

「はっ、生娘《きむすめ》みたいな奴だな、おまえ……どこのお嬢さんだ」

笑われても仕方がなかった。

娘ではないけれど、実際カンナは二十歳を迎えてもまだ性的な経験がない。恋人もいないし、セックスはおろかキスもしたことがない。

したいと考えたことも、正直なかった。

性に疎《うと》いわけではない。むしろ早熟《そうじゅく》で、子供の頃から大人たちの欲望を『声』で耳にしてきた。中にはぞっとするほどに歪《ゆが》んだ色欲《しきよく》もあり、それらを耳にするうちにカンナ自身は興味を覚えないようになった。

潔癖症《けっぺきしょう》がかっているのかもしれない。たまに自慰《じい》はするけれど、直接触れるのは好きじゃない。人肌は他人を連想させる。妄想の産物でも人を性欲の捌《は》け口《ぐち》にするのは嫌で、初めて我慢できずにしたときは机の角に擦りつけて達した。

それでも終わった後は死にたくなった。

こんなことしてはいけない。みんなにとって当たり前でも、自分は普通の人間ではないのだから――

「あっ、ガクタさんっ……」

「……そんな犯《おか》されたみたいな声出すな。ちょっと腰押しつけたぐらいで」

ガクタが自《みずか》らスラックスの前を寛《くつろ》げ、ずり下ろした下着から頭を覗かせたものに、カンナは身を起こして触れた。腰が抜けたようにへたり込みながらも、役目を果たそうと指を絡《から》ませる。触れただけで、眦《まなじり》が濡れるほどに顔が火照《ほて》るのは、きっとそれが熱いからだ。ガクタは自分よりもずっと体温が高いようだった。

「う……」

『……くそ、もっと右だ』

ガクタが呻《うめ》く。握り込んだものを刺激する。『声』に大人しく従《したが》うも、向き合った姿勢では、どちらが右で左なのか、よく判らなくなってきた。

「違う、そうじゃねぇ……おまえ、男のくせして扱《しご》き方も判んねぇのか」

「すみません、すぐ……ちゃ、ちゃんとできますから……」

苛立たせるのは本意ではない。「紛らわせてみろ」と言ったとおり、ガクタの『声』はずっと苦痛を訴《うった》えていた。『ズキズキする』『苛々する』『痛い、痛い』、快楽で誤魔化《ごまか》したところでなんの解決にもならないけれど、一時《いっとき》でも癒《いや》せるものなら癒してやりたいと思った。

カンナは懸命にガクタを感じ取った。坂道を転がる小さなボールでも追うみたいに、見つけ出した僅かな官能のとっかかりにも縋《すが》りつき、『声』の教えてくれるポイントを探る。

「……ああ」

やがて、ガクタが低く掠れた吐息を漏《も》らした。

『……イイ』

快楽を伝える『声』にドキリとなる。ほっとすると同時に、自分の体の奥にもぽっと火が熾《おこ》るように熱が湧《わ》き上《あ》がるのを感じた。

「ガクタさん……」

猛々《たけだけ》しく勃起《ぼっき》したガクタの性器は、カンナの手には余る。両手を使って包んだ。どうせならもっと感じさせてやりたいと細い指をからみつかせ、包んだ白い手を何度も上下させる。手の中のものは快楽に震え、どんどん硬く熱くなっていく。

「ガクタさん……気持ちいいですか？　こうしたら、いい……です？」

『くそっ、イイ……イイっ……』

ガクタの意識から『痛み』が遠退《とおの》く。

男の反応に嬉しくなり、カンナの身の内に灯《とも》った熱もじんわりと広がりを見せた。

もっと。

もっと痛みを忘れさせてやりたい。

感じてほしい。気持ちいいと伝えてほしい。

「おいっ、おまえ……」

　ガクタは驚きの声を上げた。

　気持ちばかり逸《はや》っても自分からはなにをどうしたらいいか判らず、カンナは思い余って手にしたものに口づけていた。

「ん……っ……」

　先端にちゅっと唇を押し当てる。苦痛を打ち消す慈愛《じあい》の口づけだったけれど、張り詰めた屹《きつ》立《りつ》は腹を打ちそうに揺れた。ガクタが快楽を覚えるのだと知って、何度も何度もキスを繰り返す。

　嫌悪感《けんおかん》はなかった。使命感に駆られるまま、カンナは薄い舌をひらめかせる。気持ちいいと『声』が教えてくれる括《くび》れのところや、裏の筋張ったところはとくに念入りに舐《な》め尽くした。施《ほどこ》すことに夢中になる。啄《ついば》んで、キスをして、先端に浮いた先走りを舌で拭《ぬぐ》い取る。何度舐めても透明な雫《しずく》は湧き上がってきて、カンナは嵩《かさ》のある先っぽを唇で包んでじゅっと吸い上げた。

「う…んっ、うう……」

　溢《あふ》れそうになる唾液《だえき》に、ぐずるような呻き声を上げる。

『……なんだこいつ』

「……がく、た……さん?」

喜んでくれると思った。現に『イイ』を何度もガクタは響かせてくれていて、今にも破裂しそうに性器はパンパンになっている。取り巻く血管がドクドク言っているのではと錯覚するほどに屹立は熱くて、跳ね上がるように揺れていて、滾《たぎ》るものを見つめるカンナの眸《ひとみ》も熱っぽく潤《うる》みを帯《お》びる。

あと少しで、射精をさせてあげられると思った。ヒトの雄がもっとも心地いい瞬間だ。

「……そういう、ことか」

不意にガクタが意味の判らない言葉を発した。

「ガクタさん……？」

『なんだ、こいつネコか』

「え……？」

『でなきゃこんなに慣れてるわけねぇ』

『声』を聞き取りながらも、なにを言われているのかまるで判らなかった。カンナはやや酸欠《さんけつ》気味で鈍《にぶ》くなった頭を、懸命に動かす。

「なるほどな、男好きだったってわけか。そういえばおまえ、初めて会ったときも俺のケツ撫でたりしてたもんな」

そこまで言われてようやく、誤解が判った。

行為がたどたどしかったのは最初だけ。途中からは積極的な上、まるでツボを心得た娼婦のようにポイントを外さないとあっては、慣れていると勘違いされてもおかしくない。

「ち、ちが……違いますっ、あれは…っ……」

「飯作ったりお節介もそういうことか？　引っ越してきて早々《そうそう》男を物色《ぶっしょく》しようにも、このアパートは俺ぐらいしかいねぇからな」

ガクタの冷えた声にぞっとなる。

「そんなっ、僕は……んぅっ、う…ぁっ……」

唇を濡らしていたものが、ぐいっと突き入ってくる。顎《あご》を引っ掴んだ手で歯列《しれつ》を抉《こ》じ開《あ》け、ガクタは苛立ちを行動に変えて強張りを押し込んだ。

「もっと口開けろ」

「んっ……うう…っ……」

なにか杭《くい》のようなもので動きを封じられたみたいに、声一つろくに出せない。腹の辺りを押して突っぱねようとするも、片手で払いのけられてしまい、息苦しさに眦を濡らすカンナは忌々《いまいま》しげに見下ろされる。

『なんだ、なんだよ、そういうことか』

ガクタの怒りは『声』となって降ってきた。ぐっと口腔《こうこう》を突くごとに、快楽と一緒くたにぶわりと溢れ、カンナの心まで黒く染め上げる。

使い捨てのオモチャみたいにガクガク揺らされる。言い訳も、抵抗も、しようとする意識さえやがて遠退《とおの》いた。

「腑抜《ふぬ》けたガキみたいな面《つら》してるくせに、一人前だな」

喉奥《のどおく》に苦いものを放たれる瞬間、聞こえたのはそんな言葉だった。


「僕も手伝わせてもらってもいいですか?」

十一月の最後の土曜日、カンナは駅前でシュウに再び声をかけた。

ここで週末はビラを配っていると、先週会った際に聞いたからだ。着いたのはまだ午前中だったけれど、何時からそうしていたのか、シュウは前と同じく横断歩道の手前で道行く人にビラを手渡していた。

遠慮する男に頼み込むような形で、右と左に分かれて配り始めた。

「ちょっと休憩《きゅうけい》しませんか」と声をかけられ、目の前のコーヒーショップに向かったのは正午を回った頃だ。テイクアウトで買うつもりだったけれど、テラス席が空《あ》いていたので座ることにした。

「すみません、こんなことを手伝わせて」

店に入ったシュウは、コーヒーだけでなくサンドイッチまで購入してきた。代金は受け取らないと言うので、最初からそのつもりで誘われたのだと知り、申し訳なくなる。

「こちらこそ、でしゃばってすみません。僕もカズヨさんって人に会ってみたくなって」

「心の声が聞こえたって言ったから？」

「……はい。母さん以外では初めてだから」

「なにか困ったことでも？　なんだか……今日は元気ない感じですね」

俯き加減でペーパーカップのカプチーノに口をつけるカンナに、男は問いかけてくる。

口数は多くないけれど優しい男だ。十年も同じ人を探し続けているなんて、自分自身のほうが大変だろうに。それとも、大人になれば皆、思慮深くなれるものなのだろうか。

彼なら笑わずに話を聞いてくれる気がした。

「実は僕、誰かの役に立ちたいと思ってるんです。できれば、この力で……でも、いつも上手くいかなくて。今アパートに気になる人がいるんですけど、その人も怒らせてしまって」

ガクタに煩《わずら》わしがられていたのは最初からだ。こんなに気が滅入《めい》る理由は、あのことのせいにほかならない。

ガクタを病院へ行かせることはできたけれど、四日前の誤解は解けないままだ。それだけでなく、食事を持って行った昨日もまた同じ行為をした。ガクタの言うところの女の代わりだ。

「飯を食わせたいならやれ」なんて、反抗期の子供みたいな無理難題を言われて従う自分もどうかしているけれど、ガクタの本意が自分を追い払うことにあると判るだけに、引き下がりたくなかった。

「誰かの役に……そんな風に考える人もいるんですね」

『この子は強いんだな』

続いたシュウの『声』に、カンナはカップから唇を離して顔を上げた。

目が合った男は困ったように笑う。

「聞こえましたか？　懐《なつ》かしい感覚です。カズヨさんも、そんな風に気がついたら僕をじっと見てることがあった」

「僕が強いってどういう意味ですか？」

「聞こえる力を有効に使おうとしているからですよ。考えてみればいくらでも役に立つのにね。いいことにも、悪いことにも……利用次第で、国を揺るがすような大きなことだってできるかもしれない」

シュウは握り締めたコーヒーのペーパーカップに視線を落とし、怖くもある仮定を淡々と語ったかと思うと首を微《かす》かに振った。

「でも彼はそんなこと、考えてもいないようだった。ただ自分が人と違うことに悩んで、苦しんで、俺の元から去って行った」

「いなくなったの、『心の声』のせいだったんですか？　その人とあなたはどんな関係だったんですか？」

続けざまのカンナの問いに、シュウはただ黙って見つめ返してきた。

それだけで、すべてが伝わると知っている人間の眼差し。

二人は恋人関係だった。

「男同士で軽蔑《けいべつ》しますか？」

「いえ……全然」

カンナは即答したけれど、答えなんていらなかったのだろうと思う。自分の反応など恐れていない、さらりとした口調だった。

優しげでも、一本筋の通った男。心の声を聞かれる——いや、聞かせることにもまるで動じない。『こんな人がどうして』と、カンナは思った。

こんな人でも、引き留めることは叶わなかったのか。

十年という月日がどういうものか判った気がした。昔は彼にも、迷いや不安が存在したのかもしれない。あまりにも長すぎ、漠然《ばくぜん》としてしまうその時間は、カンナが小学校に通っていた頃から、彼にはずっと続いているのだ。

宛《あ》てもなく、ただ一人の人を探す終わりの見えない行為——

そして、それほどに絶望して去って行ったカズヨにとって、心の声を聞くことは最後まで受け入れがたい力だったに違いない。

心強いと感じたその存在も、けして明るい希望などではないのだと知る。

カンナは虚《うつ》ろになった目を周囲に向けた。

駅前の雑踏《ざっとう》、テラス席でコーヒーを飲むカップル。みんな心の声を響かせている。聞こえない世界の住人たち。

目の前にあるのに、その世界をカンナは知ることができない。生まれたときからずっと水槽《すいそう》で飼われている魚のように、ガラス越しに眺めるしかできなかった。

これからも、きっとずっと。

「カンナくん?」

銀色の丸テーブル越しにシュウが呼んでいた。カンナははっとなって目を向ける。

「あ……すみません、ぼうっとして」

「大丈夫? ごめん、余計に悩ませてしまったかな」

「いえ、そんなことは……」

「彼は大人になるまで聞こえない普通の人だったから、君とは違うんだと思います。だから、君までその力を恐れる必要はないし、君は自分がいいと思うことを、人にしてあげたらいいんじゃないかな……そのアパートの人にも」

勇気づける言葉を投げかけてくれる男に、カンナはなんと応えていいか判らず顔を俯かせる。猫っ毛の髪が風に吹かれ、頼りなくふわふわ揺れた。

「でも、嫌われたんです。前よりずっと。僕はいつもなにかをすればするほど、人を苛立たせてしまうみたいで」

「時間がかかるんですよ」

「え……」

「聞こえない人はね、聞こえないから理解するのに時間がかかるんです。僕もそれで、こんなに時間を費《つい》やしてしまいました」

自嘲するように言った男は、カンナが見つめていた雑踏へと視線を向けた。

「人って不便なものですね。こんなに近くに寄り集まって生きてるのに、大事なことも伝わらないなんて」


ガクタの部屋で食事だけではない行為に及ぶようになってから、夜は短くなった。

最初のときはカンナも慣れていなくてよく判らなかったけれど、ガクタはセックスに時間がかかるらしい。いい意味でも悪い意味でも。相手にした女性に遅漏《ちろう》気味なのを指摘されたことがあると『声』で知ったカンナは、遅いか早いかなんて問題よりもガクタの交友関係のほうが気になった。

なんとなく一人静かに生きている男だと思っていた。

でも、ガクタは動物っぽい。逞しい雄がフェロモンを振《ふ》り撒《ま》いていれば雌《めす》にモテるのは当然で、獣は雌の誘いを無下《むげ》に断ったりはしない。

――自分が相手をしなければ、女の人のところに行くだけなんだろうか。

ほかに世話を焼ける人がいるなら任せてしまえばいい。

そう思うのに、毎夜取る行動は裏腹だ。

静かな部屋にカンナのくぐもる声が響く。

「……んっ、んっ」

畳に膝をつき、蹲《うずくま》るようにしてガクタの股間に顔を埋《うず》めたカンナは、口をいっぱいに開けて昂《たか》ぶりを飲み込んでいた。食事の後は性処理にまで付き合うのが最早《もはや》決まりごとだ。

感覚は鈍くなっていた。どのくらいこうしているのか判らない。時々息苦しくなって頬張ったものを抜き出すと、震える顎が小刻みにガクガクとなり、溢れた唾液は口の端から尖《とが》った顎まで伝う。

「はぁ…っ……」

前だけ寛《くつろ》げた男の黒いスラックスを、唾液がポタリと打った。

「……服、汚すなよ」

「待っ…て……あ、んん…ぅっ……」

まるで暴君に嬲《なぶ》られてでもいるかのようだ。

柔らかな髪の後頭部を押され、再び飲まされる。啜《すす》り泣《な》いて口淫《こういん》を続けるカンナは、懸命に薄い舌やら、粘膜《ねんまく》やらを使ってドクドクと昂ぶる剛直《ごうちょく》を摩擦《まさつ》した。

『痛《いて》え』

ずっと『イイ』を響かせ続けていたガクタの『声』に微かな苦痛が入り交ざり、性器が弾んで口蓋《こうがい》を押し上げる。

「おまえ、わりとフェラは上手いが……小せぇ口だな。カリに歯が当たる」

「んんっ、うあ…っ……」
二、三度腰を上下させ、噛んだ仕返しだとでもいうように口腔を奥まで穿《うが》って擦った男は、ずるっと太いものを引き抜いた。
「男ヤるのはムショだけで十分だと思ってたんだけどな」

言葉にドキリとなる。

ミチルの話を自《みずか》ら肯定《こうてい》した男を、カンナは唇を震わせながらも驚いて仰いだ。

「……刑…務所って、なん…で?」

ガクタの暗い『声』が答える。

『半殺しにした。殴り込みで石部《いしべ》組の奴』

「それも……親父さんって人のため?」

ひゅっと喉を鳴らして息を飲みながらも、カンナは問い返す。自分が答えたとも知らない男は険《けわ》しい表情で、眉間《みけん》に深い皺《しわ》を刻んだ。

「おまえには関係ない。まだ終わってねぇぞ」

『親父』と呼ぶ男のことになると、ガクタは目の色まで変わる。

「こっち来い」

首根っこでも掴むみたいに、シャツの背を鷲掴《わしづか》みにして移動させられたのは布団の上だ。なにがなんだか判らずに様子を窺《うかが》うカンナは、ガクタが棚の引き出しからプラスチックのクリームケースのようなものを持ってくるのを目にした。

「尻出せ」

「え……」

「四つん這《ば》いになって、尻をこっちに向けろ。ズボン下ろせ、さっさとしろ！」

軽く怒鳴《どな》られて身を竦《すく》ませる。

機嫌が悪い。誤解されてからずっとそうだけれど、今は『親父』の名を出してしまったからだ。

カンナは『どうしよう』と少し迷ったのち、言われるままにジーンズを下ろし始めた。そんな格好《かっこう》、すればどうなるかなんてさすがに判る。

逆らえないのではなく、逆らわなかった。

経験がないからこそ、甘く考えていたのはある。ちょっと恥ずかしいのを我慢すればすぐ終わるなんて、そんな短絡《たんらく》な考え——

「ひっ……」

白い尻をおずおずと掲《かか》げたカンナは、狭間《はざま》にぬるりとなすりつけられたものに、びくりとなる。

「ただのワセリンだ」

「わ、わせ…っ…て、あのっ……」

「なんだ、まだおまえはおっ勃《た》ててねぇのか。オカマのガキはこういうのが好きなんだろう？」

ガクタはクッと喉奥で笑い、指でケースから掬《すく》ったものを何度も塗りつける。尻の狭間の窪《くぼ》んだところに念入りに塗り広げられ、そこがどこであるか判ったカンナは羞恥《しゅうち》に顔を赤くした。

「ふ…ぁっ……」

つぷりと入り込んできた指に慄《わなな》く。

初めての感覚だった。

『狭いな』

ぬめりに口を開けた窄《すぼ》まりは、健気《けなげ》に男の節《ふし》の張った指を咥《くわ》えながらも、異物感にきゅうきゅうとそれを締め上げる。

「あっ……ゆび…っ、や……ぅっ」

戸惑いはカンナばかりでなく、ガクタにも芽生《めば》えた。

『どうなってる。指もやっとじゃねぇか……まぁ入れりゃなんとかなるんだろ、だってこいつは……』

少しの間慣らしただけで指は引き抜かれた。

代わりに宛《あて》がわれたものに、カンナはひっとなる。ガクタがどうするつもりか判っていた。判っていたはずなのに、それは目で見ていたよりも大きく感じられ、杭どころか拳《こぶし》でも押し込もうとされているとしか思えなかった。

「がっ、がく…っ……さっ……」

無意識に四肢《しし》が布団を這う。逃げようとする体は一瞬で捕らわれ、ベシャリと建物が倒壊《とうかい》するみたいに、カンナは布団に突《つ》っ伏《ぷ》した。

プレスするようにガクタの体軀《たいく》が圧《の》し掛《か》かってきて、僅《わず》かに上がったままの尻の狭間に熱いものが捻《ね》じ込《こ》まれる。

「ひぃ…ぃんっっ……」

その瞬間、ガラスでも掻《か》き毟《むし》るみたいな悲鳴をカンナは上げた。痛みというよりも、熱さしか感じられなかった。今まで感じていたようなガクタの熱とは違う。

なにもかも焼き尽くすみたいな熱だ。

「あ……あ…っ……」

事切れそうな微かな声を漏らして、カンナは裂かれた身をヒクつかせた。

『……キツ……くそっ、なんだこれは』

「……おい？」

声をかけるガクタが僅かに身を動かすだけでも衝撃だった。激痛から逃《のが》れたい意識とは逆に、根元まで咥えた異物を締めつけてしまい、一層《いっそう》カンナはその焼けつく痛みにのたうつ。

「やっ……や、動かさなっ…いで……」

「……じっとしてろ」

「がくたさ……あ、だめっ……あぁうっ」

一息に穿たれたものを、また一息でずるっと抜き出され、なにかが崩れたみたいにぼろぼろと両目から涙が零れた。

「あっ、あ…っ……」

抜かれたところから、どろりとしたものが溢れ出す。送り込まれた白いワセリンと、それを赤く色づかせたものだ。

『どういうことだ?』

「どういうことだ?」

カンナはびっくりして身じろぎ一つできず、腰を掲げた格好のまま。ガクタの驚愕《きょうがく》は重なる『声』と声で伝わってくる。

なおも応えられないでいると、焦《じ》れる男は荒っぽい声を発した。

「どういうことだって訊いてんだろうがっ!」

「ごっ、ごめんなさい……」

反射的に詫《わ》びると、男の声は怒りが抜けたというよりも、呆気《あっけ》に取られた声音《こわね》に変わった。

「ごめんなさいじゃなくて……おまえ、まさか後ろ使ったことねぇのか？」

「……はい」

「男は？　男とやったことあるんだろう？」

「……ないです」

この期《ご》に及んで嘘をつくつもりはない。元々、経験豊富だなどと語ったこともなく、ガクタの完全な思い込みだったけれど、それを指摘するほどの余裕はカンナにはない。

責められるままに打ち明けた。

「こういうことは、その……誰とも初めてで……女の人とも、僕はしたことないんです」

「……なんで最初っからそう言わない？　おまえは経験もねぇのに、手コキなんかする気になったのか？　おまけにフェラまでおっぱじめて……」

「ガクタさんが病院に行ってくれるって言うから……それに、怪我の痛いのも紛れるならいいかって」

『なんだコイツ……』

カンナは慌てて顔を捩《よじ》り、背後で言葉を失っているガクタのほうを見た。途端にズキンと走った腰の痛みに、情けなくも泣きそうに淡い眉尻を下げる。

「あの、でも本当に宗教とかじゃないんです。ガクタさんの手助けをしたいとは思ってましたけど、でもそれだけじゃなくて……」

上手く言えない。助けになりたいだけなら、誤解を解く努力はできたんじゃないかと思う。何度も同じ行為をする前に……こんなみっともない最悪の状況で打ち明けることになる前に。

カンナは自分のことなのに、自分でもその理由がよく判らないでいた。

ガクタのついた溜め息が部屋に響く。

「帰れ」

「ガクタさん……」

「俺はゴーカンは趣味じゃない。男でも女でもだ。そこまで日照りじゃないんでな」

「でも、あの……」

中途半端に持ち主に放り出される羽目になったガクタのものは、やや萎《な》えつつも腰の中心でまだ兆したままだ。視線の先に気づいた男は眉を顰《ひそ》め、無造作に引っ掴んだそれをボクサーショーツに押し込んで身支度を整え始めた。

「俺が戻るまでに帰ってろ」

そう言って立ち上がる。

「ガクタさんっ！　ど、どこに行くんですか？」

痛みを堪《こら》えて半身を起こしたカンナが狼狽《うろた》えて問うも、背を向けて革ジャケットを羽織《はお》るガクタは、こちらをもう見ようともしなかった。

『どこだろうな。女のとこでも行くか』

ただ『声』だけがした。

「ガクタさんっ！」

何度声をかけても、出て行くガクタは無言のまま、ちらとも振り返らない。布団から身を乗り出せば、キッチンの先のドアが閉じるのが見えた。

カンナは追いかけることもできず、そのままへたり込む。

階段を下りる音。アパートの玄関ドアの開閉する音。少しずつガクタの気配が遠ざかっていく。緊張から解放された体は脱力していたけれど、ほっとする気持ちよりも、どこか身に穴でも開いたかのような寂しさを覚えた。

――置いていかれた。

ガクタに見限られたと、ショックを受けている自分がいる。

痛い思いなんて……セックスなんてしたいはずもないのに。どうしてこんなに落ち込んでいるのだろう。

他人の心は判るのに、自分の気持ちが読めない。

「女の人って……どんな人だろ」

綺麗な人、色っぽい人。想像しようとするとツキリと傷ついてもいないはずの胸が痛む。

こんなのは初めてだった。

そして、服も直さずに膝を抱えたカンナは一つだけ判った。

誤解を解こうとしなかったのは、ただこうなるのが自分は嫌だったのだ。


翌日は朝から冷たい風が吹いていた。

曇《くも》り空の下の人の顔は、誰もかれも憂鬱《ゆううつ》そうに見えたけれど、それはカンナが誰より沈んだ表情をしていたからかもしれない。

昨晩は結局ガクタの帰ってきた気配はなかった。自分の部屋に戻っても眠れずにいたカンナが、ようやく布団の中でうとうとしたのは明け方近くだ。

「そうですか、もう決まってしまったんですか」

午後、気分転換がてら買い出しに行った店でバイトの貼り紙を見つけた。カンナは店の人に声をかけてみたが、すでに募集は終わっており、店長の男は「すまないね」と言いながらガラス壁の貼り紙を剝《は》がす。

上手《うま》くいかないときは、なにをやっても駄目なものだ。数日前もアルコールを扱《あつか》う飲食店で「未成年は雇《やと》えない」と断られた。成人していると言ったけれど、「未成年に見えることが問題でね」とまで言われてしまっては、童顔は変えようもないから仕方ない。

レジ袋を手に提《さ》げてアパートへと帰る。上る坂道を吹き抜ける秋風は冷たく、黒猫のメイに話しかけて和《なご》もうにも、車のボンネットにも塀《へい》の上にも姿はない。こんな日は部屋でぬくぬくと過ごしているのだろう。

誰とも擦《す》れ違《ちが》いもせずアパートまで帰り着き、折れた風見鶏《かざみどり》の門扉《もんぴ》を通って中へと入った。溜め息を零《こぼ》しつつ階段を上る。並んだ部屋の扉が見えたところで、一番手前の自分の部屋の前に白い箱が置いてあるのに気がついた。

――なんだろう。

近づいて手に取ったカンナは、それが洋菓子店の手提げ箱だと察すると同時に、送り主が判《わか》った。

『ガクタ』

白いツルツルした箱には、素っ気ないマジック文字でそう書かれている。

それだけでカンナには十分だった。慌てて部屋に入って確認してみた中身は、ケーキが四つ。

あのガクタが自分にケーキを贈る理由があるとしたら、昨夜《ゆうべ》のことしかない。

詫《わ》びのつもりか、見舞い代わりか。なんにしても、ガクタの優しさからの行動であるのに違いなかった。

部屋のカーペットに正座し、テーブルの上で開けた箱の中を、まるで宝石箱みたいにそっと覗いたカンナは小さく『わあ』と声を上げた。

甘いものは好きだ。でも生まれて初めて見るケーキでもないのに、感動してちょっと涙ぐみそうになった。

どんな顔をしてあの強面《こわもて》で無愛想《ぶあいそう》なガクタがこれを選んだのかと思うと、涙腺《るいせん》だけでなく頬も緩《ゆる》む。

何故《なぜ》だか思い出したのは、昔怪我をした野良猫を助けたら、家の前にセミだのネズミの死骸《しがい》だのが時々置かれるようになったことだった。叔父《おじ》は『誰がこんな嫌がらせを』と憤《いきどお》っていたけれど、カンナには判った。それが猫なりの自分への恩返しであると。


二つ隣りの部屋にカンナが礼を言いに行ったのは、食事を持って行った夕方だった。

ガラでもなかったと後悔している様子のガクタは、「ただの、ついでだ。勘違いするな」と言い訳にもならないことを言った。

「懲《こ》りねぇ奴だな、おまえは。ケツは痛まねぇのか」

夕飯を持参したカンナに憎まれ口まで叩く。

「大丈夫です。心配してくださって、ありがとうございます」

「べつに心配してるわけじゃ……」

鍋の蓋《ふた》を開けると、白い蒸気《じょうき》がふわりと立ち上る。カンナが自室から持ち込んだ黄色い鍋を置かせてもらったのは、湯沸かしにしか使われてなさそうなキッチンのコンロだ。

「寒くなってきたんで、今日はシチューどうかなって」

冷めないよう鍋ごと持ってきた。背後からちらと覗いた男は、怪訝《けげん》な反応を見せる。

「カブとさつまいも……」

「変わってるけど、たまにはいいでしょう?」

「なんでもいい」

ガクタは素《そ》っ気《け》なく言って背を向けると、まだ包帯つきの左手で黒髪を掻《か》きながら、のしのしと床を軋《きし》ませ六畳間に入って行った。

あまり一般的でない具材にしたのは、ガクタが好むと判っていたからだ。カブにさつまいもに人参《にんじん》。甘い野菜が中心のシチューを食器についだカンナは座卓《ざたく》へと運ぶ。

『美味《うま》い』

向かい合って食べ始めると、いつもの反応が返ってきて、カンナは口元を綻《ほころ》ばせた。

「こういうのも優しい味でいいですね。僕はカブ入れるのは初めてなんですけど……あ、スーパーで安かったから、いいかなって」

つい言い訳めいたことを言ってしまう。

『懐《なつ》かしい味だ』

スプーンを口に運ぶガクタからは、そんな追想《ついそう》の『声』が聞こえてきた。

子供の頃、ガクタはいつもお腹を空《す》かせていた。腹の虫は子犬十匹でも飼っているのかというほど鳴りっ放しで、時々近所の人が食事を振る舞ってくれた。

公園の裏の家。親切な老女――

「昔、カブとさつまいものシチューを作ってくれた人がいた」

食器の音だけが鳴っていた部屋に、ガクタの声が通る。

「え……」

カンナは一瞬、話しかけられたと気がつかなかった。ガクタが自ら進んで思い出話を始めるなんて、信じられない。

「俺は孤児だったんで、児童福祉施設で育ったんだ。ガキんときは今以上に大食らいで、いつも飯が足りねぇと思ってたんだが、変なことで近所のばあさんと親しくなってな。何度かこいつも食わせてもらった」

奇妙な出会い。公園でボール遊びをしていて、老人の家にサッカーボールが飛び込んだのがきっかけだ。暑い夏の日、庭の盆栽《ぼんさい》の鉢《はち》を倒して割ったのに、彼女は怒るどころか『ジュースでも飲まんね』とガクタに声をかけてきた。

話の補足でもするように『声』がする。けれど、カンナはそれよりもガクタがぽつりぽつりと語る言葉に集中した。

初めてその口で話して聞かせてくれた。

「そうだったんですか。じゃあ……思い出の味ですね。似てるといいんですけど」

「どうだろうな。もう二十年近く前の話だからなぁ」

嬉しくなって笑むと、目が合った男は居心地が悪そうに視線を逸《そ》らす。

食事の後はもらったケーキを箱から出した。「おまえにやったもんだ」と不服そうにガクタは言ったけれど、一人で四つも食べられない。

皿に一個ずつ載せて食べ始める。イチゴのショートケーキがカンナで、モンブランがガクタ。自分の部屋に一本だけあったデザートフォークは、まだ左手の上手く使えないガクタに渡したので、カンナは箸《はし》だ。

シチューのような思い出話もなく、口数は少なかった。

無言でいる間が落ち着かない。以前のように息が詰まるのとは違う。そわそわしてしまい、モンブランを僅《わず》か三口ほどで食べるガクタの顔を見ては、視線が絡《から》みそうになって慌てて俯《うつむ》く。

イチゴの載ったケーキを見つめながらも、あまり味は判らなかった。

「ガクタさん……昨日、帰り遅かったんですね。あれから誰かに会ったんですか？　その、たとえば女性の方とか……」

会話を探すうちに、思い当たった昨晩のことを尋ねる。

カンナはずっと気がかりだった。

あの後、ガクタがどこへ行ったのか。

「ああ、まぁな」

寄越《よこ》されたのはあっさりした返事。けれど、その後にはまったく相違《そうい》した事実が続く。

『サウナ行って、酒飲んで、朝帰った』

口に入れかけたイチゴを止め、カンナはちらと上目遣いにガクタを見た。

「なんだ?」

「い、いえべつに……そうですか、よかったです。昨日は嘘ついたみたいになって、お役に立てなくてすみませんでした」

「お役っておまえな……」

『変な奴』

ガクタは絶句し、誰からも言われたくないはずの言葉が飛んでくる。変な人呼ばわりされたのに、カンナは少しも嫌ではなかった。それどころか、ガクタが誰とも会わずに帰宅していたことが嬉しくて堪らない。

――やっぱり自分は変だ。

「あっ!」

誤魔化《ごまか》すように慌てて食べようとしたイチゴが、箸からぽろりと落ちた。べしゃりとスポンジの上の生クリームをはね飛ばしてしまい、『わっ』となる。

「……なにやってんだ、おまえ」

呆れ声がして、それから手が伸びてきた。

包帯の男の左手。親指の太い腹でおもむろに頬をなぞられ、カンナは突然のことに驚く。拭《ぬぐ》ったらしい指の白いクリームをべろっと舐める男に、カンナの心臓は落ち着くどころかますます跳ねた。

「あっ、あのっ」

「なんだ?」

こんな仕草まで動物臭い。いや、動物だったら手を使わず直接舐め取るのか。

余計な想像をしてしまい、頬がじんわり熱を持った。きっと赤くなったのは明かりの下では丸わかりだ。

ガクタがじっと見ている。

「おまえは本当に経験ないのか?」

唐突とも言える言葉に、『なにが?』とは返せなかった。

『コイツ、やりてぇな』

「へ……」

本能のままの『声』を響かせ、座卓の脇をガクタは回って近づいてくる。多少遠回りしたって六畳の部屋では接近するのはすぐだ。

「きょっ、今日もするんですか?」

カンナは声を裏返らせた。

「言ったろうが、痛い目遭《あ》わせるのは趣味じゃねぇ。世話になってる礼に、今日はおまえを気持ちよくしてやる。これで貸し借りなしだ」

「そ、それってどういう……」

意味を問うまでもなかった。背後に座った男に抱きすくめるように腕を回され、カンナは身を強張らせる。無遠慮に腰の中心に這い下りてきた大きな手に、ただただびっくりして持っていた箸までぽろりと落とした。

「わっ……」

一瞬体がふわりと浮いた。かいた胡坐《あぐら》の上にカンナを載せるように引き寄せた男は、だぼついて腰を覆《おお》ったニットを捲り上げ、ジーンズの前に触れる。

『軽いな。細っこいし、本当に女みてぇ』

「が、ガクタさんっ！」

『……けど、ちゃんとついてるし』

確認する手つきで、合わせ目のボタンを外してファスナーを下ろし、無骨《ぶこつ》な指は下着の内からそれを晒《さら》した。

「いやっ……」

『……ちょっと小せぇか？』

ただの感想とも揶揄《やゆ》とも取れる言葉に身を震わせる。心の声でからかったって仕方がない。

自分にしか聞こえない『声』であると判断する冷静さすら欠いたカンナは、必死でその手を引き剝がそうと試みた。

「こっ、こんなのはいいですから……僕はっ、お礼ならケーキで十分……ひぁ…うっ……」

「悪い、痛かったか？　どうもおまえのは加減が判りづれぇ」

やわやわと握り込まれて、抱き留められた体がビクビクとなる。

初めて覚える人肌の感触だった。

火に当たったかのように熱い手のひら。乾いた手は分厚《ぶあつ》く、皮が厚いのか柔らかくはない。触れただけで無骨と判る手に包まれ、カンナはすべてを捕らわれたみたいな錯覚に陥《おちい》る。

「や…ぁ……」

揉《も》まれて少し芯《しん》が通ってきたところを、ゆっくりと根元から擦《こす》り上《あ》げられると、ぞろりと走る生々しい感覚に泣き声を上げた。

「あっ、や……です。ガクタ、さんっ……僕、本当に……」

「俺のは散々《さんざん》、手で扱《しご》いたり口に咥《くわ》えたりしやがったくせに。触られんのは嫌ってか？」

「だって、こんなこと……やぁっ…う……」

「なにが、だってだ？」

責めるように低い声音で問《と》い質《ただ》され、半勃《はんだ》ちになった性器を容赦《ようしゃ》なく擦られて、カンナはイヤイヤとぐずる子供のように頭を振った。

「ちょっと、我慢しろ……ほら、自分でヤんのと大して変わんねぇだろうが」

「しなっ、こんなの……僕、しまっ…せんからっ」

「……は？　おまえ、マスかかねぇのか？」

ガクタは本気で驚いている。

「ウソだろ……どうやって生活してんだ？」

『夢精か？　自然と収まるの待つのか？　放っといたら、体に吸収されるらしいが……』

放っておくような枯《か》れた生活をガクタは送ったことがないのだ。真剣に頭を悩ませている。

まさか机に擦りつけてすることならあるなんて言えない。

「……ごめっ……ごめんなさい」

『べつに謝ることじゃねぇが……』

「ちゃんと出せるか見てやる」

「ひゃ…うっ……あっ、だめ…ですっ、だ…め……」

他人に触られるのも初めてなら、無理矢理に勃起させられるのも初めてだった。

嫌だ嫌だと言いながらも、刺激されればしっかりと膨《ふく》らみもする。ガクタのように立派でなくとも、カンナの性器も細身ながらしなやかに反《そ》り返《かえ》り、先端はとろんと潤《うる》みを帯《お》びた。

「見た感じ、不感症ってわけでもなさそうだし……ちゃんとガマン汁も出んのになぁ」

「いやっ……そこは、先っぽ……やぁっ……」

「あんま犯されてるみたいな声出すな。このアパート、壁も床も薄いからなぁ。下の親子に聞こえるかもしれねぇぞ」

「う……ん、んん…ぅっ……」

慌てて声を抑えようとするも、ガクタの手の動きは変わらぬままだ。先走りに光る丸みを帯びた先端を、ぬるぬると指の腹で弄《いじ》られ、カンナは啜《すす》り泣《な》く。

嫌だからじゃない。もう嫌だなんて言っていられない疼《うず》きがそこから湧き起こっていて、ちょっと手を離されそうになっただけで、縋《すが》るような声が出る。

「が、ガクタさ…っ……あぅ…んっ……ううっ」

「もっと力抜け……もっとだ」

「んん…っ…やだ……」

リズミカルに扱かれ、恥ずかしい音が鳴った。下肢《かし》のほうからクチュクチュと響いてくる。

「やっ、やっ……」

「イヤじゃねぇだろ?」

『濡れてる。こんなに』

「や…ぁっ…んっ、や…あ……」

耳元で男の声が震える。ガクタの声をこれほど近くに感じるのは初めてだった。

今日は『初めて』がたくさんだ。

耳朶《じだ》に触れる唇を感じた。声と『声』、どちらが先に響き、なにを語りかけているのか混然《こんぜん》としていて判らない。カンナは自分が後頭部をガクタの胸に擦りつけていることさえも、気づいていなかった。

大きな体に身を預け、快感を追う。啜り喘《あえ》いで腰を跳ね上げるように波打たせ、どんどん体は弛緩《しかん》していく。

「がく、ガク…タさ……ぁん……」

カンナは切ない声で名を呼んだ。火照《ほて》った顔はもう耳朶まで真っ赤で、眦を濡らして腰を揺らすカンナは、射精の瞬間への期待で頭がいっぱいだった。

「……イキてぇか?」

問う声に啜り喘いで頷く。

もう出したい。ガクタの熱い手のひらに出してしまいたい。朦朧《もうろう》とする頭で、今までの妙な自分への戒《いまし》めもすべて投げ打ってそう思うのに、上手く達することができない。

『右手だとやりづらいな』

響いてきた『声』に少しだけ我に返った。ガクタが利き手を使えないでいるのに、カンナは今の今まで気づいておらず、それから不便を嘆く男の本音を聞いた。

『早く左が使えるようになんねぇかな。そうしたらもっと、こいつのこと気持ちよくしてやれんのに』

甘い言葉なんて一つも持ち合わせていなさそうな男の、甘いとしかいいようのない『声』。

「ガクタさん……」

もうこれ以上、火照りようもない頬が、一段と熱を持ったように感じられた。

「なんだ？　上手くイケねぇか？」

「そ、そうじゃなくて……あのっ……」

ずるっと身を引っ張られる。座卓の下からジーンズを身に着けたままの足を引き出され、布団のほうへと導かれた。

「こっちに来い」

「あっ……な、なに……」

昨日のことがフラッシュバックしそうになる。

「いいから、ちょっとここに転がってみろ。ちゃんとイカせてやっから」

起き上がるほうが困難なほど、体はくたくたに力が抜けていた。戸惑う間もなくジーンズや下着を取り払われた。カンナの生白い足を、ガクタはシャツに包まれたその逞しい両肩に抱え込む。

少しの間放置されただけでも、涙ぐんだみたいに濡れた性器はヒクヒクと切なげに震えていて、視線を落とした男はそれを眺めた。

『震えてやがる』

「ガクタさ…っ……」

『可愛いもんだな』

「あっ、ひぁっ…う……」

身を屈《かが》めた男の口腔にすっぽりと飲まれ、生暖かい粘膜に幹まで覆われる。張り詰めた性器をじゅっと啜られる感覚は、それだけでも身をのたうたせるほどの快感なのに、止まらない『声』が責め立てるように響く。

『コイツ、イカせてやりてぇ。こんなにビクビクして、ああ……ガマン汁、すげえ出てきた……』

「やめ、言わなっ……いやっ」

お願いだから黙っていてほしいと思う。

性器がとろとろになって溶け出しそうな愉悦《ゆえつ》と、塞《ふさ》ぎようのない羞恥《しゅうち》の狭間《はざま》でカンナの思考はぐちゃぐちゃだった。

「や……や、ですっ……こんな、ぼく…っ……」

「……どうした？　気持ちいいんだろ？」

「けど……あっ、あっ……」

腰がビクビク震えて、達してしまったかと思った。小さな割れ目から噴き零した先走りが、口淫《こういん》を緩めたガクタの唇を濡らす。

「なんだ、もうイッちまいそうか?」

ふっと微かに笑う息が掠《かす》めた。

まるで愛《いと》おしむような表情だ。そんな風に笑うことができるのだと、見つめ返したカンナは心臓がぎゅっとなる。

「がく…っ、がくた、さんっ……は? ガクタさ、んは……いかない?」

カンナのたどたどしい問いに、ガクタは少し考えて応える。

「……俺はいい。突っ込むわけにもいかねぇしなぁ……」

ぴんと張った裏っ側の筋をぞろりと舌でなぞられ、再び大きな口に頬張られる。上へ下へと顔を動かし、あからさまに扱かれると、性感はすぐに限界まで高まった。

カンナは両手で顔を覆った。

手のひらで恥ずかしげに覆い隠し、それから素直に射精を訴《うった》える。

「もっ……もう、イキそうです。僕、もう…っ……」

唇が往復するのに合わせて、拙《つたな》く腰も揺らぐ。

「あっ、あ……だめ、がくたさっ……もうっ……あぁ…んっ……」

その瞬間、放してくれるものだと思ったのに、逆に深いところまで飲み込まれた。

吐精《とせい》は長く続いて、カンナはしばらくの間切れ切れの声を上げて啼《な》いた。涙もぽろぽろ出てきて止まらなかった。自分の涙腺は最近随分と弱い。

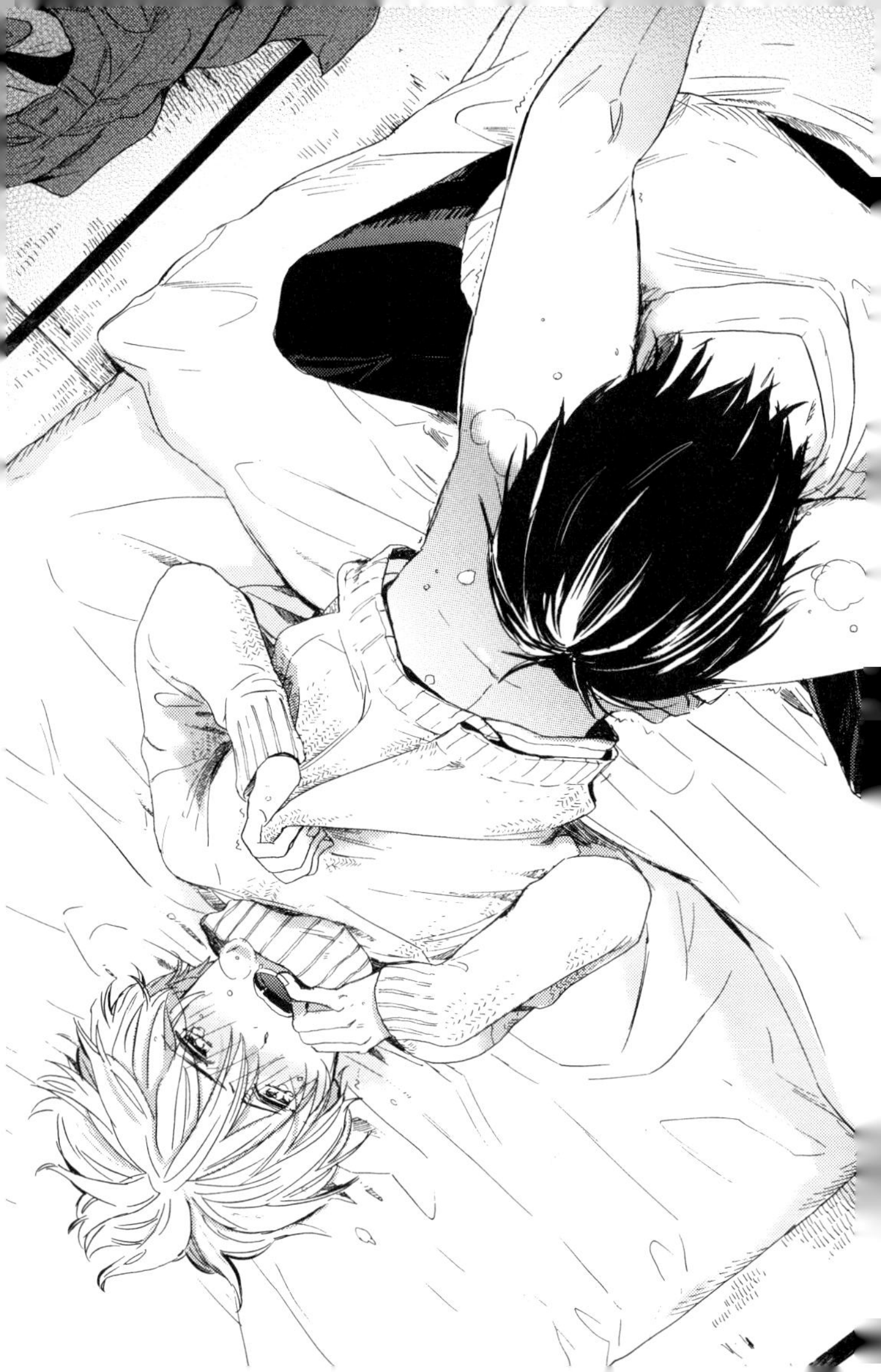

射精したくらいで泣くなんて笑われる。そう思って落ち着こうとするのに、上がった息も涙もなかなか止まらなくて、唇を離して顔を起こしたガクタの視線に怯《おび》える。

じっと見下ろす黒い双眸《そうぼう》はいつもと変わらず鋭《するど》いのに、『声』だけは和《やわ》らいでいた。

『……こいつ、可愛いな』

菓子のように甘く、カンナを蕩《とろ》けさせる。

何故だか、ますます涙が止まらなくなった。

『なんで泣く?』

「どうして泣く?　気持ちよかっただろう?　男にされるのが嫌だったのか?」

カンナは慌てて布団の上の頭を横に振った。

「俺にされるのが嫌だったのか?」

もっと大きく首を振る。

溜め息が返ってきた。

「だったらなんだ。俺はおまえみたいに察しがよくないから、言われないと判らねぇ」

そう言われても、聞こえた『声』のことは伝えるわけにもいかないし、自分でもどうして泣くのかよく判らない。子供みたいで恥ずかしい。

ニットの裾《すそ》で剝《む》き出《だ》しの場所を隠そうと無駄な努力をしながら、カンナはのろのろと身を起こす。解き放ったものは、ガクタが飲んでしまったらしい。ますます身の置きどころがなかった。

ぺこりと頭を下げる。

「あ、ありがとうございます」

「……は？」

「あの、気持ちよくしてもらって……」

消えそうな声ながらも礼を言うカンナに、ガクタはまた呆気《あっけ》に取られていた。

『変な奴』

やっぱり思われても嫌な感じはしない。

身なりを整えた後も、そのまま布団の上で膝を抱き、壁に背を預けてしばらくカンナは過ごした。こんなことになるとはまさか思わず、羞恥心のせいでガクタの顔がなかなか見られない。

先に根負《こんま》けしたかのように口を開いたのは、ガクタのほうだった。

「おまえが黙ってると変な感じだな」

胡坐を作って座る男は、調子が狂うと無造作に黒髪を掻いた。

「いつも一人でもペラペラ喋《しゃべ》ってるからなぁ、おまえは。チュルチュルチュビチュビ一人で騒いでるツバメみてぇ」

「ツバメ？」

「ああ、ガキんとき、毎年春先に施設の軒先《のきさき》に巣を作ってうるさく鳴いてた。ちょっとだけ飼ったこともある」

施設でということは、みんなでかもしれないけれど、ガクタが動物を飼うなんて意外だ。

「ツバメって飼えるんですか?」

「巣から落ちた奴がいてな。兄弟も親鳥もみんな行っちまったのに、そいつだけ巣立ち損《そこ》ねて
……」

なにかを思い出したのか、男は不意に髪を掻き回す手を止める。

「でもよかったですね、助けてくれる人がいて。それで、ツバメはどうしたんですか?」

膝頭《ひざがしら》に頬を乗せてじっと見つめるカンナのほうを、ガクタは見ようとはせずに応えた。

「……飛んでった」

『死んだ』

そうぽつりと響かせた『声』がカンナに届くとも知らず。不器用な男は不器用な優しい嘘をついた。

まるで二面性でもあるかのように、言葉に反して鋭い目をした男の横顔は、部屋の空《くう》を見つめたまま言った。

「恩知らずなもんだ、鳥なんて」

街のそこかしこに飾られたクリスマスツリーが、違和感なく似合う十二月がやって来た。

師走《しわす》の街は、忙《せわ》しなさをまやかすかのように、美しいツリーやイルミネーションで着飾っている。いつもより多い人の流れに乗り、駅前の横断歩道の近くへ辿《たど》り着《つ》いたカンナは、見つけた男の姿に少し驚いた。

シュウがスーツにステンカラーのコート姿でビラを配っていたからだ。

「午後の新幹線でしばらく大阪へ出張することになったんです」

「そうなんですか。じゃあ……時間ももうあと少しですね」

カンナは駅ビルの壁面の大きなローマ数字の時計を見た。正午までもう一時間もない。新幹線に乗るには、ここから乗り換えの駅まで出なくてはならないから、残された時間は少ないはずだ。

もっと早く来ればよかったと思う。

平日は会社勤めをしていると聞いていたけれど、週末に出張まであるとは知らなかった。ここへは忙しい時間の合間を縫《ぬ》って足を運んでいるらしい。

「実は出張がなくても、そろそろ来るのはやめようと思ってたんです」

ビラを手に駅前の往来を見渡しながら告げられた言葉に、カンナは驚いて目を瞠《みは》らせた。

「え……」

「ここは三ヵ月ほどになるんで、ほかの街へ移ろうかと。いくつか似た人を見たっていう情報もらってるんです。中には大阪で見たって話もあるんですけどね」

微《かす》かに苦笑して言う。

「大阪……じゃあ、お仕事先で偶然会えたりしないとも限らないですよね」

「まぁ、ちょっとは期待しちゃってるけど、どうかな……最近時々夢に見るんです。彼も俺も姿が変わり過ぎていて、お互いに擦《す》れ違《ちが》っても気づかないっていう夢。もう十年経《た》ってますからね。この写真のままのはずもないし、判《わか》らない可能性も……」

「そんなこと絶対ありません！」

「……カンナくん」

「あるわけないじゃないですか。毎日こんなにあなたはその人のこと想ってるのに！　その人だって、ずっと同じように忘れられずにいるはずです！　ただちょっと……そう、自分から出て行っちゃったから、決まり悪くて戻って来れないんですよ。きっとそうです」

彼の不安も想いも、カンナにはこうしている間にも伝わってくる。どうにか励《はげ》まそうと言《い》い募《つの》れば、表情を緩《ゆる》ませシュウは笑んだ。

「ありがとう。君に出会えただけでも、この街に来てよかったですよ」

ゆったりと空を流れる雲のように穏《おだ》やかな声。彼が熱くなるところをふと見てみたいと思った。泣いたり怒ったり、そして喜んだり。

その大切な人を取り戻し、我を忘れるほどに歓喜している姿を見ることができたらいいのにと。

そんな日が来ないとは思いたくなかった。

「そうだカンナくん、連絡先を教えてもらってもいいですか？」

カンナの気持ちを察したかのように、シュウはコートのポケットから携帯電話を取り出した。

「もし彼に会えたときは君に知らせますよ。ああ、そういえばアパートの人とはどうなりましたか。少しは歩み寄れそうですか？」

「えっ……」

不意に問われ、自分も携帯電話を出そうとしていたカンナは視線を泳がせる。

歩み寄れたと言えるのか判らないけれど、誤解は解けた。ガクタの手の傷も抜糸《ばっし》まで終わり、今はすっかり元の生活を送れるようになっている。

ただ予定と違うのは、カンナはその後も何度か部屋に夕飯を届けに行った。

もう世話を焼き、そして焼かれる理由はないはずだ。

食事の後は大人しく部屋に帰った。だから、ただ一緒にご飯を食べただけなのだけれど、ガクタは追い払おうとはしなかった。

どういうつもりなのかは判らない。

尋ねればガクタは答えるかもしれない。

心の声で。

でもはっきりさせるのは怖い気がした。惰性《だせい》で受け入れているだけ……なんて理由だったら、自分はがっかりしてしまう気がするからだ。

カンナは、覚えていてくれたシュウに曖昧《あいまい》に笑む。

「大丈夫です。前よりずっと関係はよくなったと思います。ただ、少し親しくなれたら、僕はもっと知りたいと思ってしまうみたいで……欲深《よくぶか》ですよね、こんなの。僕は今も同じアパートの住人ってだけなのに……」

言いかけたところで、目の前の人混みが動いた。信号が青へと変わり、横断歩道の手前にできていた人だかりが掃《は》けていく。

急に見通しのよくなった正面に目を向けたカンナは、小さな声を上げた。

「あ……」

大きな道路の向こう岸に見知った男の姿があった。車線をいくつも隔《へだ》てた先でも判る、一際《ひときわ》背の高い男の姿。ガクタを目にしたカンナは、身を乗り出すように歩道の際《きわ》まで数歩駆け寄る。

「カンナくん?」

「あっ、あの人です。今話してた、アパートの……」

指で示したガクタは、黒い大きな車の脇にいた。混雑する交差点の手前で止まった車の周囲には、数人の厳《いか》つい黒スーツ姿の男たちがいて、その中の一人だ。

開かれた後部シートのドアからは、杖《つえ》をついた老人がゆっくりと降りてきた。

見るからに堅気《かたぎ》ではないと判る者たちの集団だった。歩道の通行人が大きく道を空《あ》けているのが見て取れる。人を散らすようにして、彼らが入って行ったのは、ヨーロッパ調の重厚感《じゅうこうかん》のある壁面が目を引く、目前の建物だった。

「あれって……ホテルですよね？」

「そうです。たぶん高級ホテルだと思いますよ。前を通ったときにロビーが見えましたけど……」

シュウの返事をカンナは聞いていたが、目を奪われたまま黙ってガクタの消えたホテルを見ていた。

一緒にいた老人は、恐らく父親代わりと言っていた組長だろう。

「行ってください」

「え？」

「カンナくん、気になるんでしょう？　彼を追いたいなら、そうしてください」

背中を押すようにシュウが言った。

ずっと気がかりだった、ガクタを犬扱《あつか》いしている人の存在。たしかに、今を逃《のが》したら無関係の自分が近づける機会はもうないかもしれない。

けれど、それでは今日なんのためにここへ来たか判らない。

カンナはじっとシュウを見つめ返し、迷ったのちに頭を下げた。

「ありがとうございます」

言葉に微かに笑んで頷いた男に「行ってきます」と告げ、それから勢いよく走り出す。一度赤に変わっていた信号は、ちょうど再び青へと戻ったところだった。

人の流れを追い越すようにして、目的のホテルへと入った。シュウの言ったとおり、カンナには場違いな感じのする高そうなホテルだ。ロビーが広くて開放的だけれど、綺麗すぎてちょっと威圧感《いあつかん》を覚える。

幸い誰も咎《とが》める人はおらず、フロントまで行かずとも右手のラウンジに探している集団が見えた。

ゆったりとした二人掛けのソファが、低いテーブルを挟むようにラウンジには並んでいる。奥の席に四人の男たちは腰をかけ、ガクタだけが座ることなく老人の傍《かたわ》らに一人立っていた。

カンナは気づかれぬよう、ガクタからは死角に当たる背後の席を選んだ。身を縮《ちぢ》こまらせた不自然な格好《かっこう》のまま、近づいてきたスタッフにコーヒーを注文した。

贅沢《ぜいたく》な空間遣いで席の間も広いため、心の声までは聞こえてこないけれど、組長の大きな声はよく通る。ここで誰かと待ち合わせをしているらしい。ビジネス用語交じりの会話は、一見どこかの会社役員であるかのようだ。

窺《うかが》い見た横顔は、杖が必要なほど年老《お》いては感じられなかった。どこか体でも悪いのかと思えば、優雅に葉巻を吸い始める。

このラウンジは禁煙ではと、灰皿のないテーブルに目をやり、周囲のほかの客も見回そうとしたカンナは、男の取った行動に目を疑った。

「ガクタ」

老人は傍らに立つ男の足を杖で打った。

ガクタは表情一つ変えずに左手を差し出し、その手のひらへ老人は灰を落とした。

まるで無機物のガラスの灰皿でも出てきたかのように。一瞥《いちべつ》さえしようとしない。自《みずか》らを守るために傷を負《お》ったばかりのガクタのその手に、向かいの男と笑い合いながら灰を落とし続ける。

カンナは総毛立《そうけだ》つような感覚を覚えた。

ぶわりと髪まで逆立《さかだ》ったかと思えるほどの衝撃で、慄然《りつぜん》となる。

心の声など聞かずとも判る。

人間どころか、犬として……命ある生き物としてもこの老人はガクタを扱ってやしない。

抵抗することもなく、それが自らの役目だと受け入れて振る舞うガクタは、感情のない目をしていた。きっとその心は、最初に会ったときと同じ、空《から》っぽなのだろう。

「相変わらず、無口で気味の悪い男ですね」

老人の向かいのビジネスマン風の男がそう言ったのは、なにか用を言いつけられたガクタがその場を離れたときだ。待ち人の到着を確認しに行ったのかもしれない。

「そうか？　無駄吠《ぼ》えをするような犬は、いい犬とは言えん」

「今時ああいう男は流行《はや》らんでしょう。命令に従《したが》うだけの指示待ちなんて、旧時代《きゅうじだい》もいいところだ」

「今はおまえさんみたいに、立ち回りよくビジネスのできる頭がないとってか？」

老人はくっくっと喉《のど》で笑い、男はややバツが悪そうになる。

「まぁ、アレはあれで役に立つときもある。ちょうど今みたいなときはなぁ」

「友陣会《ゆうじんかい》ですか？」

「どうも奴らは調子に乗り過ぎて好かん。ここらできっちり礼儀を欠くとどうなるか教えてやらんとな。幸い、うちには躾《しつけ》の行き届いた犬がいる」

掲《かか》げた杖の先を、ガクタの消えたほうへと老人は向けた。

スーツの男は肩を竦《すく》めてみせた。

「大人しくなりますかね？　ちょっと噛《か》みつかせたぐらいで」


カンナがホテルを出たのは、一時間ほどしてからだった。到着した客人と男たちはしばらくラウンジで話をしていたが、その後はホテル内の中華レストランに入って行った。

駅前に戻ると、もうシュウの姿はなかった。

午後になり、行ってしまったのだ。別れの挨拶すらちゃんとできなかったことをカンナは残念に思ったけれど、ガクタを追った時点で予期していた。

バスを降りたカンナは、アパートへと続く坂道を重い足取りで上る。まだ日暮れには早い時刻にもかかわらず、空が重く曇《くも》っているせいで辺りは薄暗くなっていた。

カンナの心も重く淀《よど》む。

ガクタが身を張って守っているあの老人は、とても命を賭《か》けるに値《あたい》しない人間だ。

――――でも、それを自分が暴《あば》いたところでなにができるだろう。

なにもできない。

カンナにはそれもまた判っていた。何度かあの男のことに話が及んだだけで拒否反応を示し、猛烈《もうれつ》に不快感を露《あら》わにしたガクタを、自分に変えられるはずもない。

彼は確かにそういう意味では犬なのだ。一度主《あるじ》と決めた者を、犬は裏切らない。どんなに虐《しいた》げられようとも、忠義を尽くす。

けれど、このままでは彼はいつかきっと――――

辿り着いたアパートの門扉《もんぴ》に、カンナは手をかけた。傍らのケヤキの枝葉がざわざわと音を立て、仰《あお》ぎ見《み》る頭上で黒い影は不穏《ふおん》なうねりを見せる。

中に入ろうとしたところ、ステンドグラスの玄関ドアが勢いよく開いた。

「カンナ！　よかった、間に合って！」

待ちかねたように飛び出してきたのは、一階の部屋の少女だ。息を切らす勢いで姿を現わしたミチルに、カンナは面喰《めんく》らう。

「ミチルちゃん、どうしたの？」

「お母さんが仕事場で倒れたの。それで入院することになって……」

「えっ⁉　大丈夫っ？　お母さん、容体《ようたい》は？」

「検査がてら様子見れば大丈夫だろうって。それで、私しばらくお祖母《ばあ》ちゃんのところに行くことになったんだけど……」

言葉どおりなら落ちついていそうだけれど、それにしてはミチルの表情が硬い。

『どうしよう。メイ、連れて行けない』

ミチルが頭を悩ませているのは飼い猫のことだった。

「ねぇ、お願い！　カンナ、しばらくメイを預かってくれないかな？」

「ミチルちゃん……」

「私、ここに残って面倒見るって言ったんだけど、お母さんもお祖母ちゃんも一人は絶対ダメだって。でも、お祖母ちゃん喘息《ぜんそく》だから、向こうの家には連れて行けないの。お願い、カンナならメイの気持ちだって判るし、頼めないかな？」

「それは……」

ペットは飼わない約束だった。ミチルが飼っているのを秘密にするのも、後ろめたかったたくらいだ。

けれど、「一生のお願い！」と懇願《こんがん》されると、その真剣さは伝わってくるだけに無下《むげ》にもできない。カンナは乱れた髪の少女の目をじっと見つめ返したのち、小さく頷いた。

「いいよ、判った。でも、お母さんが退院するまでの間だよ」

「ホント⁉　うん、もちろんだよ！　一週間くらいで退院できるはずだって！　ありがとう、カンナ！」

子供らしく飛び上がって喜ぶミチルに両手を取って揺さぶられ、カンナは苦笑した。

部屋に戻ると、ミチルが黒猫のメイをキャリーバッグに入れて連れてきた。苺《いちご》と猫のキーホルダーが取っ手に下がった、プラスチックのキャリーだ。おっかなびっくりの猫は、扉を開けてもすぐには出て来ようとしなかったけれど、しばらくしたらそろりと黒い姿を現わし、カンナのジーンズの膝に顔を擦《こす》りつけた。カンナとミチルは顔を見合わせて笑んだ。

夕方、ミチルは迎えに来た祖母と一緒にアパートを出て行った。

「お母さんによろしくね」

安心して手を振り返す少女を見ると、カンナもメイを預かってよかったと思えた。

キッチンの隅に設置した白い砂のトイレにそそくさと入る黒猫に、カンナは微笑む。

黒猫は『見んじゃねぇよ』という目つきでカンナをちらりと仰いだ。

不思議なことに、動物のほうはいつも人の気持ちが判るようだ。ただそれを受けとめ、人の願いを聞き入れるかどうかに個体差があるだけで、会話などなくとも意志を読み取っているようなところがある。

「さっきミチルちゃんからメールが来て、お母さんもう起き上がれるようになったそうです」

カンナは六畳間《ろくじょうま》に向かって言った。部屋には猫だけでなく、テーブルの前で胡坐《あぐら》をかくガクタがいる。

夜になって帰ってきたところを捕まえ、声をかけた。「今夜は鶏《とり》鍋にしようと思うので、よかったらどうですか？」と誘ったら、断らずに部屋に来てくれた。

招いたのは大きな土鍋《どなべ》を運ぶわけにもいかなかったからだけれど、ガクタが自分の部屋にいるのはなんだか嬉しい。

カンナが張り切って鍋の用意を続ける一方、ガクタの様子は少し変だった。

ミチルの話を振っても返事はない。

ガクタはただ空《くう》の一点をじっと見ていた。

上《うわ》の空《そら》とはちょっと違う。普通上の空とは、大抵なにか一つのことを集中して考えているものだけれど、ガクタの場合なにも考えていない。まだ猫のほうがものを考えているくらいだ。

——空っぽの心。

久しぶりだった。近頃のガクタは、口数は相変わらず少ないながらもカンナと会話をし、普通にそれなりの思考もしていた。

疲れてでもいるのかもしれない。そんな風に受け取ったけれど、食事を始めてからはますます異様さを覚えた。

静かな部屋に、カリカリと間の抜けた音だけが鳴る。小皿に出したドライフードを黒猫が食べる音だ。テーブルをいっぱいにした土鍋は白い湯気《ゆげ》を上げ、二人して黙々《もくもく》と鶏鍋を食べ続けるものの、ガクタからはなんの『声』も聞こえてこなかった。

いつも『美味《うま》い』と言ってくれた、あのシンプルな心の声さえもない。

こんなことは初めてだった。もちろん不味《まず》いわけでもなく、ガクタはなんの感想も抱かない。心は空のまま――ただ機械人形にでもなったみたいに、箸《はし》を握った左手を動かし、顎《あご》を上下させて咀嚼《そしゃく》する。

食事ももう終わろうという頃、カンナは最後まで待ちきれずに口を開いた。

「ガクタさん」

呼びかけても応答はなく、幾度か繰り返し呼ぶ。

「ガクタさん！」

「……なんだ？」

箸を止め、ようやく男は目を合わせた。

「あなたに……質問したいことがあります。訊《き》いたら、教えてくれますか？」

改まって妙なことを言い出したカンナに、ガクタは至極《しごく》当然の反応を寄越した。

「そんなもの、聞いてみなきゃわからねぇ」

「でも、教えると約束してくれないと、僕は訊けません」

「なんだそりゃ……なんで質問するほうがそんなに偉そうなんだ。絶対教えろってか？」

「そうじゃないです」

ただ、ガクタが教えたくないことを勝手に聞くのは嫌だと思うからだ。

カンナはいつのまにか、ガクタとは対等でいたいと考えるようになっていた。後ろ暗いことはしたくない。軽蔑《けいべつ》されたくない。

でも、彼が怪我をするのは嫌だ。

「……言ってみろ」

真剣なカンナの眼差《まなざ》しに、ガクタは顎をしゃくって応える。カンナは軽く息を吸い込んだ。

「ガクタさん、今日はなにかあったんですか？」

「……なにかって？」

ガクタは拍子《ひょうし》抜《ぬ》けした顔だった。

けれど、口ではそうかわしつつも心は疑問に答えた。

『親父に命じられた。友陣会。明日、殺《や》る。俺が、この手で』

パズルのように並ぶ、ひらめく言葉。切れ切れの『声』にカンナの頭を過《よ》ぎったのは、ホテルで耳にした会話だ。

「ユウジンカイってなんです？」

ホテルでも組長はその名を口にしていた。敵対する組織のようなものだろうとは思っていたけれど、ガクタの心が謎を明かす。

このところ組の島を荒らしている新興グループだ。表向き和解をしたものの、若い連中は未《いま》だ水面下でやりたい放題、勢力を拡大させないためにも組長は見せしめに幹部を消したいらしい。

その鉄砲玉《てっぽうだま》にちょうどいいのが、組長の飼っている『犬』だ。犬は命じればなんでもやる。盾《たて》にもなれば灰皿にもなる。

人だって殺す。

「知らねぇな。さっきからなにが言いてぇんだか、おまえ……訳が判らねぇ」

すべてを見通されているとも知らず、警戒して惚《とぼ》ける男を、カンナは苦い思いで見つめた。

「訳が判らないのはあなたです。どうしてあんなっ……あんな人の言うことに従《したが》うんですか？」

もどかしかった。傍で仕《つか》えているガクタが誰よりも判っているはずだ。

そう、心の声が聞こえなくとも親子ほどに関係が深いというなら――

「ガクタさん、あなた本当は判ってるんじゃないですか？　自分のことを犬と呼ぶのも、それがどういうことか……本当は、あの人が自分をどう思ってるか知ってるんでしょ？」

「……親父のことを言いたいならやめろ」

「どうしてそうやって目を背《そむ》けるんです？　あの人は親なんかじゃない。あなたを都合のいい道具としか……」

「おまえになにが判る！」

激しい音が部屋に響いた。叩きつけられた箸が吹っ飛ぶ。テーブル上のものはすべて弾《はず》み、まだ土鍋から淡く上り続けている湯気まで、ぶわりと散らされる。食事を終えてカーペットの上で毛づくろいをしていた黒猫は、ぴゃっと飛び上がってキッチンのほうへと逃げた。

カンナだけが身じろぎもせず、哀しい目で男を見つめていた。

「判ります。僕には、あなたが判るんです」

言葉は自然に零《こぼ》れた。

「はっ、甘っちょろいガキがなに言って……」

「ガクタさん、僕は心の声が聞こえるんです」

「……は？」

六つも年下の子供同然の男が、一丁前《いっちょうまえ》に説教を始めたとでも思っていたに違いない。繰り出した突拍子《とっぴょうし》もない話に、ガクタは意表を突かれた顔になる。

怪訝《けげん》に見返す男は、眉根《まゆね》をきつく寄せた。

『やっぱり宗教だったのか？』

「宗教じゃありません」

語らずとも繋《つな》がり合《あ》う言葉に、瞠《みは》らせた目を男は僅《わず》かに揺らした。

「そうです。あなたが頭で考えることが、僕には判るんです。生まれつき僕はそういう体質なんです」

「……はっ、ふざけるのも大概《たいがい》にしろ」

「ふざけてなんかいません！　だから、あなたの明日のことも判るんです。あなたが杖をついた老人になにを命じられたのかも」

「話にならねぇな」

「ガクタさん！」

ガクタは首を振り、乾いた笑い声を立てた。

打ち明ければどういう結果になるか、カンナは知らなかったわけじゃない。

今までも二度、過《あやま》ちを犯した。一度目は小学校低学年のとき。無邪気な理由だった。友達に「お互いの一番の秘密を教えっこしよう」と持ちかけられた。他愛もない遊び。秘密を共有できれば、もっと仲良くなれると思った。結果、親友になるはずのクラスメイトは、翌日からカンナを避《さ》けるようになった。

二度目は高校を卒業する前だ。バイト先で知り合った女性に話した。彼女が男に騙《だま》され、借金をするほどお金を奪われていたからだ。葛藤《かっとう》の末、彼女を救いたいがために教えたカンナはストーカーだと言われ、バイトもクビになった。

人は二つに分かれる。

信じる者と、信じない者。

けれど、どちらの道に分かれても、辿り着く答えは同じ。異物はこの世界から排除しなければならない。

規格の違うものが混ざれば平穏は失われる。

「おまえ、俺をつけ回したんだな。でなきゃ、そんなこと判るわけがねぇ」

今、ガクタもみんなと同じ目をしていた。

「なにをこそこそ嗅《か》ぎ回《まわ》ってんだ？　やっぱりあれか、前に部屋でなんかしてたのも、そういうことか⁉　おまえ、どこの組と繫がってんだっ⁉」

「僕はどこの人間でもありませんっ！　ただ、あなたに間違ったことをして欲しくない。自分の意志に沿わない行いをして、苦しんで欲しくないんです。だってあなた、悪いことなんて本当はしたくないいんでしょ？」

必死になるうちに、カンナには判った。

自分はただ闇雲に、ガクタを信じているわけではない。感じるからだ。

犬は猫とは違う。主に忠義を誓《ちか》い、尽くすことに喜びを感じる生き物だ。リーダーの命令に従い、成し遂げて褒《ほ》められることほど誇《ほこ》らしいものはない。

現状が幸せであるなら、何故ガクタの心は空っぽなのだろう。

「あなたは現実を受け止めたくないから、気づかない振りをしてるだけだ。なにも考えないでやり過ごそうとしてるだけで……」

『嘘だ。こいつは俺を騙そうとしている』

ガクタはテーブルに片手をつき、立ち上がった。

「ガクタさん！」

「帰る。飯も不味《まず》くなった」

「待ってくださいっ！　ちゃんと話を聞いてくださいっ！　ダメですっ、取り返しのつかないことに……」

静止の声を聞こうともしない男は、そのまま荒っぽい足音を立てて出口へ向かった。

数歩で狭いキッチンを通り抜け、ドアに手をかける。開けた瞬間、一番乗りで飛び出したのはガクタではなかった。

「メイっ！」

走り抜けた黒い生き物に、カンナは叫び声を上げる。

黒猫は廊下で動きを止めたが、一度振り返り見ただけで、そのまま階段へ向かった。言い争うよく知りもしない人間の元になど居たくないのは当たり前だ。

ガクタと目が合った。ついと目を逸《そ》らした男はそのまま奥の自室へと向かう。

カンナは一人うろたえて猫の後を追った。

一階の玄関ドアは開いていない。脇の窓もきっちり閉じたままだ。階段を下りるカンナがほっと安堵したのも束《つか》の間《ま》、逃亡を阻《はば》んだドアがぎっと開いた。

「メイっっ!!」

これ幸いと猫は黒い弾丸《だんがん》のごとく表に飛び出し、入って来ようとした老人は悲鳴を上げて飛び跳ねる。

「ぎゃっ、猫っ!!」

間が悪いことこの上ない状況だった。

ドアが開いただけではない。

「おっ、大家《おおや》さん……」

姿を現わしたのは、ここ半月ほど見かけることもなかった大家だ。老婆はセーターの上から両手で心臓の辺りを押さえ、階段を駆け下りて近づくカンナを息を喘《あえ》がせて見据《みす》える。

「どっ、どういうこと？　あんた、猫を飼ってるのかい⁉」

「いっ、いえ、違うんです」

「違うって、なにが違うんだい⁉」

ミチルの猫だとは言えない。言ったが最後、今度はミチルたち親子が非難されるだけだ。

「飼ってるわけじゃなくて、その……」

「名前も呼んでたじゃないの！　ペットは禁止だって言ったでしょ！」

口ごもるばかりで、まともな言い訳すらできないカンナに、老女は軽蔑《けいべつ》の眼差しで言った。

「約束も守れないなんて」

『これだから親もいないような子は住まわせたくなかったんだよ』


夜の街はどこもかしこも黒い色に覆われていた。

ケヤキの木々も、コマドリ色の梁《はり》のアパートも、赤い風見鶏《かざみどり》も。すべて黒一色に沈んで見える。坂道はところどころ街灯に照らされているものの、黒猫のメイの姿を見つけるのは困難だ。

「メイ〜っ！　メ〜イっ！」

カンナは時折声を上げては猫を探し続けた。

歩みに合わせ、手にしたキャリーバッグの取っ手に下がった苺と猫のキーホルダーが揺れる。

メイはミチルの大切なペットであり、同居人であり、友達だ。

——絶対に見つけないと。

その一方で、自分はもうここにはいられないかもしれないとも思う。猫を飼い続けるなら出て行ってもらうと、大家に言われたからだ。

いつも裏目に出てばかり。

自分はいつも、人の役に立つどころか怒らせてばかりだ。

ガクタもとうとう怒らせてしまった。

もう会ってもくれないかもしれない。昔、自分をストーカーだと言ったバイト先の彼女は、怯《おび》えて目を合わせることさえ嫌がった。

「メイ〜っ……」

カンナはぶるっと頭を振る。

ポツンとなにか冷たいものが頬を打った。

雨だ。

夕方から今にも降りそうな空をしていたのを思い出す。ひどくならないうちに見つけなければと焦《あせ》るカンナは、坂道の頂上から小学校のほうへと抜ける下り坂を歩いているところだった。

傍らの小さな公園に、真っ黒な影がさっと入って行くのが見えた。

「メイっ！」

公園といっても、ブランコとベンチが一つずつあるだけの場所だ。アパートのケヤキに似た大きな木が公園の端にもあり、一直線に太い幹に飛びついた猫はそれを駆け上った。

帰りたくないという意思表示だ。

「ごめんね、さっきは驚かせて」

カンナは近づき木の上の猫を見上げた。黒猫は今にも唸《うな》り出《だ》しそうに低く身を構え、こちらを見下ろしている。

「もう言い争ったりしないから……べつにケンカをしてたわけじゃないんだ。僕が悪いだけなんだよ。だから……帰ってきてくれないかな?」

猫に言葉は通じない。いくら気持ちをある程度判り合えても、人の置かれた立場や状況まで理解しろというのは無理だ。

カンナは判っていながらも、語りかけずにはいられなかった。

「知ってるでしょ? ミチルちゃんには、君が必要なんだ。留守番ばかりでも、あの子があんなに元気で真《ま》っ直《す》ぐなのは、君が傍にいてあげてるからだよ。すごいよね、君は猫なのに人間の僕なんかよりずっと役に立ってて、必要とされてるんだ」

頭上を仰《あお》ぐカンナの額《ひたい》を雨粒《あまつぶ》が打つ。

苦笑した唇も、瞬《しばた》かせた目蓋《まぶた》も。冷たい風に乗った雨粒は、暗い天の底から舞い落ちるようにポツリポツリとカンナを叩き続けた。

『ねぇ、きーちゃん、この世界にはたくさん人がいるでしょう?』

天に昇った母の『声』を思い出す。

母はカンナが九歳のときに死んだ。入院先の病院の屋上から、空へと旅立った。

カンナが最後に見た母の姿は、眩《まばゆ》い日差しの中を、長いスカートの裾《すそ》をひらひらさせながら歌を口ずさむ姿だった。

風船のように軽くなった心をふわふわさせていた。

『ねぇ、きーちゃん、哀しい人がたくさんいるの』

母はいつもそう言っていた。

ときに遠い目をして、こうも言った。

『ねぇ、世界が哀しみに溢《あふ》れているのに、自分がちっぽけでなにもできず、誰の救いにもならないことにときどき死にたくなるの』

母の葬式はひっそりしたものだった。

棺《ひつぎ》の中の母は眠っているように見えた。カンナにはどうしても母が死んだことが受け入れられず、棺に手を差し入れて体を揺すってみた。唇も突《つつ》いた。冷たく白い唇は動かなくとも、いつものように『声』なら返してくれる気がした。

いつだって、カンナと母はそうして二人だけで語らってきた。

『お母さん、そこにいるんでしょ？』

無言で母の遺体を突っつき続ける息子に、親戚は騒いだ。

「やめなさい！　やめなさいって言ってるでしょうっ!!」

カンナは伯母《おば》に止められ、体をガクガクと揺さぶられた。

『ねぇ、きーちゃん、哀しみが減らないね。ちっともなくなってくれないの』

――母さん。

「メイ、すごいことなんだよ。必要とされるってさ」

カンナは応《こた》えてはくれない猫に向けて語り続ける。メイはいつの間にかゆったりと体を伏せて見下ろしていた。

「だって必要だって言われたらもう、それだけで意味があるでしょ。どんなに小さなことでも、生きる意味になるじゃない……すごいよ、君は猫だけど選ばれた猫なんだ」

暗い梢《こずえ》が雨風に揺れる。雨粒は大きくなって幾重《いくえ》にもカンナを叩き、寄り集まってじりじりと肌の上を這い下りた。服も髪も、次第に重く湿っていく。

「ねえ、だから降りてきて。君にはちゃんと帰る家があるんだ。僕とは違うよ?」

ビルの二階よりも高い位置の猫には、手を伸ばしても届かない。役に立たない手でカンナは濡れた頬を拭《ぬぐ》った。

「僕は君が羨《うらや》ましいよ。僕は……誰にも必要じゃないみたい。いつだって……」

黒い大きな影が、すっと肩の辺りから伸びた。ぬっと背後から現われた生き物の腕に、カンナは息を飲む。

太い幹に手をかけた男は、無言で見上げた木を登り始めた。ガクタの重みに、太い幹さえミシミシと軋《きし》む。

「ガクタさん……」

立ち上がったメイは枝に四肢《しし》を突っ張らせ、フウッと唸《うな》り声《ごえ》を上げた。臨戦《りんせん》態勢だ。黒い毛を逆立て、威嚇《いかく》する。

「メイっ‼」

ガクタの伸ばした手を足蹴《あしげ》にして逃げる気でいたメイは、声にカンナのほうを見た。一心に見つめるカンナの眸《ひとみ》に、急にやる気が失《う》せたかのように毛を萎《しぼ》ませていく。

大きな手が脇腹を摑んでも逃げようとせず、そのまま地面へガクタと共に下りてきた。

猫を抱いた男もまた、カンナと同じく頭から雨に濡れている。部屋に帰ったとばかり思っていた。

ガクタも猫を探してくれていたのか。

いつから傍にいたのだろう。

「なんで……」

「あのガキの猫だろ。いなくなったら厄介《やっかい》だ」

キャリーバッグの扉を開けると、猫は長い尻尾《しっぽ》でビシビシと周囲を叩きながら入って行った。

「こいつ、怒ってやがる」

「怒ってないです。ただちょっと恥ずかしいみたい」

家出少年が大人に散々探させて、決まり悪く戻ってくるときのようだ。

動物の気持ちを感じ取って言うカンナを、ガクタは否定しようとはしなかった。

猫を入れ終えて立ち上がったカンナに、声を荒げることもなく静かな口調で言う。

「おまえがどう思おうと、俺にとっては親父が俺を必要としてくれる人間なんだ」

メイへの話を聞いていたとしか思えない言葉だった。

強くなってきた雨が、突っ立って向き合った二人の体をどこまでも打つ。揺るがぬ意志を抱えた男を見つめるカンナの気持ちも、また変わることはない。

「でも、その人は間違ってる。あなたは人を殺したりしちゃいけない。ずっと空っぽになって生きていくつもりなんですか？　その人のために、後悔して苦しんで、生きながら死んでいくつもりですか？」

「俺はそんな善良な人間じゃない。一人や二人死んでも、どうとも思わねぇ。クズが数人ばかりこの世から消えるだけだ」

暗い眸をした男。街灯を離れた仄暗《ほのぐら》い場所では、その鋭《するど》い目から光は失せて見えた。

カンナは濡れた男の手をそっと取った。

皮膚《ひふ》の硬くなった手のひらを、両手で上向《うわむ》かせる。

「思ってもいないことを言わないでください。僕には判るんです。あなたは、本当はとても純粋で優しい人だ」

「……放せよ」

「この手であなたは大勢傷つけた。でも助けもした。あの老人を庇《かば》って、ときには……吸殻《すいがら》を押しつけられるような理不尽な目にも遭《あ》って」

「手を放せっ……」

「この手で、ツバメだって運んだ」

言葉にガクタは目を見開かせた。

誰も知り得るはずのない過去。

「ツバメが飛んで行ったなんて嘘でしょう？　本当は数日で死んだんだ。でも、それを言ったら僕が哀しむと思って、あの晩言わなかったんじゃないですか？」

「違う。適当なこと、言うんじゃ……」

「あなたはツバメの亡骸《なきがら》を運んだんです。施設の裏庭の木の根元に、スコップで穴を掘って埋《う》めた。赤い実のなる南天《なんてん》の木だ。ここなら目印になると思って、いつでも手を合わせられると思ってそこにしたんだ。あなたは今でもそれを覚えてる！　時々思い出してる！　だからっ、だから僕がこうして判るんですっ！」

触れた手は冷たい雨の中でも熱い。

カンナは震える息を吐きながら、言葉を失った男に懇願《こんがん》した。

「お願いです、明日行かないでください」

躊躇《ためら》うように動きを止めた手は、やがてそれでもカンナを振り払う。

「……無理だ。俺は親父の命令に逆らう気はない」

「だったら、僕が止めに行きます」

「はっ……よっぽどいい子でいたいんだな、おまえは。ガキになにができる？　おまえに判るのはせいぜい上《うわ》っ面《つら》の過去だ。そんなんで、俺のなにが判るっていうんだ」

「判ります。心が聞けるからじゃない……僕もあなたと同じ人間だからです。真実を知ってるのに、見えるものから目を背《そむ》けてる。弱い人間だから……」

本当は知っている。

この世界が美しいばかりでないこと。自分は今まで、いくつもの現実を気づかない振りでやり過ごしてきた。

上面の言葉で人の心を動かすことなどできない。ガクタを変えるには、自分が変わらなければならない。

カンナは真っ直ぐに見つめた。

「明日、あなたを止めに行きます。僕ももう逃げません。だから、あなたも目を逸《そ》らさないで……本当の自分からは逃げないでください」

栞名《かんな》希一《きいち》。

カウンターで看護師に差し出された受付票にペンで書いた名前は、緊張に少し傾いていた。

翌日、栞名は朝から病院を訪ね歩いた。友陣会《ゆうじんかい》の襲撃場所を知る組長の老人に会うためだった。

昨晩のうちに情報を引き出したくとも、額田《がくた》も詳しくはまだ知らされていなかった。ただ、夕方の予定で携帯に連絡が来るとだけ——知らないものは、心の声でも窺《うかが》いようがない。

栞名に知ることができたのは、すべてを知る組長は病院に長期入院中であるということ。昨日、ホテルで見かけたのは一時的な外出だったらしい。

朝、目が覚めると額田の姿はアパートから消えていた。気を失うようにうとうとしてしまった少しの隙に出て行ったのだ。見張るつもりで窓辺に貼りついていた栞名は完全に取り残された。

戸口には白い封筒があった。

無造作に床に置かれた封筒には、以前のケーキの箱のように名前はなかったけれど、『メシ代』とマジックで書かれていた。今までの夕飯代のつもりなのだろう。分厚《ぶあつ》い封筒の中身はあまりに多すぎる額で、額田がこれきりの別れの気でいるのが伝わってきた。

命を落とすやもしれない覚悟をしていることさえも。

栞名は手掛かりの病院名を頼りに、老人の入院先を訪ねた。しかし、すでに転院しており行く先を知るのに手間取った。守秘義務など栞名には通用しないが、一患者の転院先まで知る関係者は限られる。

結局、現在入院しているのは額田と何度か通ったあの総合病院だった。

「これでいいですか？」

栞名が面会の受付票を手渡すと、看護師は頷いて「右手の一番奥ですよ」と言った。

入院病棟は談話室のほうから患者たちの笑い声が聞こえるほど賑《にぎ》やかだったけれど、指示された右手の通路に行くと別世界のように静かになる。特別室の美しい木目《もくめ》のスライドドアが幾つか並んでおり、最奥《さいおう》に辿《たど》り着《つ》く前にその扉の一つが開いた。

部屋から出てきたのは、あの老人だ。ホテルで見かけたビジネスマン風の男の押す車椅子に乗っている。

どこへ行くつもりなのか。擦《す》れ違《ちが》った二人の後を栞名はさり気《げ》なく追った。二人はエレベーターに乗り、外来患者で賑わう病棟を避《さ》けて向かった先は病院の中庭だ。

ベンチもいくつかある中庭は、幾人《いくにん》かの患者や見舞客がゆったりとした午後の時間を過ごしている。もう十二月も半《なか》ばとは思えないほど、今日は過ごしやすく暖かい一日だ。

昨日の夜の天気が嘘のように、空は気持ちよく晴れ渡っていた。

物騒《ぶっそう》な計画など立てているようには見えない老人は、のんびりと散策を楽しみ始める。

「見舞いに来た馬鹿面《ばかづら》を拝《おが》めないのは少し残念だがね」

背後からそっと近づけば、そんな声が聞こえてきた。強行突破をしてでも情報を得るつもりだった栞名は、花壇近くに車椅子を止めた男たちの会話に耳を澄ませる。

スーツの男は老人の機嫌を窺うように、話を合わせて笑った。

「まさか組長の見舞いが自分の最期《さいご》になるとも、思ってないでしょう」

「どうだろうね、一応用心はしてるようだ。うちが迎えにやった車には、理由をつけて乗らないつもりらしいからな。このところ、移動はわざと一般人の目につく方法にしてやがる」

「どこでその情報を？　それで額田を駅にやったんですか？」

『あの不気味な男。ムショに入ってくれればしばらく見ずにすむな』

車椅子の傍らの男のほくそ笑む『声』が、栞名には聞こえた。

額田はどうやら、友陣会の幹部とやらの現われる駅に向かわされたらしい。

衆人環視《しゅうじんかんし》に等しい場所で事件なんて起こせば、その場で現行犯逮捕だ。

「捨て犬にするにはまだ惜《お》しい男だがね」

さして惜しんでるとも思えない顔をして、老人は穏《おだ》やかな午後の光に目を細める。

老人の心の声を聞き取ろうと、一歩前に出た栞名に、人の気配を感じ取ったスーツの男がバッと背後を振り返った。

「なんだ、おまえ⁉　今、話を聞いて……」

血相《けっそう》を変えた男は、途端《とたん》に凄《すご》んだ。

極普通の会社員に見えても、中身はヤクザだ。堅気《かたぎ》の仮面は一瞬で取り払われる。

栞名は心臓を弾《はず》ませながらも、間延《まの》びした声を発した。

「こんにちは、いいお天気ですね〜」

罪のない患者、多少空気の読めないところのある若者を装《よそお》う。

「お見舞いの人が来られるんですか〜？　僕も今日は電車で学校の先生がお見舞いに来てくれるっていうから、楽しみにしてるんです」

淡いベージュのダッフルコートを身に着けた栞名は、それが自分を余計に幼く見せるのを知っていた。いつもはマイナスにしか働かない童顔《どうがん》が、助けになる日が来るとは思ってもみなかった。

毒気《どくけ》を抜かれた様子の車椅子の老人に、にっこりと笑んだ。

「お爺《じい》さんのお見舞いの人は、何時の電車で来るんですか？」


走り出したバスの座席は、病院帰りの老人や親子連れでほぼ埋《う》まっていた。

老人の心を読んだ栞名は、病院を出てすぐにバスに乗った。

友陣会の男は、五時頃の電車で来る予定らしい。

今から駅へ向かえば、五時には充分間に合う。電車の到着時刻を確認して、額田を探して
――背の高い彼は目立つから、きっとなにか行動を起こす前に探し出せるはずだ。

「………合う」

ちゃんと間に合う。

緊張と不安に、シートの身を小さく震わせる。バスの最後部の五人掛けシートの真ん中に、栞名は栗色の髪の旋毛《つむじ》が下を向きそうなほど深く顔を俯《うつむ》かせて座っていた。

隣では主婦たちが子供の受験話に夢中で、時折その揺れる肘《ひじ》が腕に触れる。

「それでね、ユウくんと同じ学校だったら息子も心強いって言ってるの」

「まぁ、そうなの〜、この辺であの中学受験するの、うちの子だけだと思ってたから心強いわ。二人とも受かるといいわね」

にこやかに弾む声で会話をしている女性からは、『声』もまた響いていた。

『まったく無理して背伸びしないで、余所《よそ》の学校受けさせればいいのに。いつもうちの真似《まね》ばっかり』

そんな押し隠した本音だ。

『いっそ落ちてくれれば』

栞名は触れる肘と『声』から逃《のが》れるように、ぎゅっと丸めた身を固くした。

人の心に満ちているのは、本当は悲哀ばかりではない。ときに淀《よど》んだ感情が醜《みにく》く渦巻《うずま》く。

バスの揺れる灰色の床を見つめる栞名は思い出す。小学校四年生のとき耳にした、伯母《おば》と近所の人との会話。

「なんだか私、気味が悪くて。最初は礼儀正しくて聞き分けのいい子だって思ってたんだけど」

「そう？　おかしな子には見えなかったけど」

「旦那《だんな》もね、早く余所に預けろって言うの。まぁ、あの子の母親も変わってたから、普通じゃないとは思ってたのよ」

　それからひと月と経《た》たないうちだった。

「希一くん、焼津《やいづ》の友枝《ともえ》おばさんがね、いいところだから是非《ぜひ》来ないかって」

『これでやっと肩の荷が下りるわ。同じ親戚なんだからね、荷物は順番に持ってもらわないと』

「どう？　悪い話じゃないでしょう？」

　伯母はそう言って、栞名に優しく微笑《ほほえ》みかけた。

　母は四人姉弟《きょうだい》だった。最後の荷物持ちの順番の回ってきた小樽《おたる》の叔父《おじ》の家には二十歳《はたち》までいた。

「希一くん、誕生日おめでとう。君ももう立派な大人だなぁ」

『うちにいるのは二十歳までの約束だっただろう。これでやっと解放される』

　恩返しをしたいと思っていたけれど、自分が出て行くことがなによりの恩返しであると悟《さと》った。職もちょうど失った栞名は、北の街を後にした。

　旅をしていたわけじゃない。

　ただ、どこにも居場所がなかっただけだ。

　そのことから目を逸《そ》らすように、栞名は目に映るものを輝かせた。街の景色、空の色、傾いた屋根のアパート。すべてが楽しく煌《きら》めいているかのように。

バスの揺れに合わせ、栞名の肩は震える。

ブロロロと地響きのような音を立てて走行するバスは、しばらく走ったところで急に停まった。

「え……？」

停留所でもない場所でエンジンを落としたバスの車内に、運転手のアナウンスが響く。どうやら事故があり、道が塞《ふさ》がれて渋滞を起こしているらしい。驚いて伸び上がって見てみると、信号の手前にそれらしき事故車のトラックの姿があった。

バスは一向に動き出す気配もない。

「お急ぎの方は、こちらでお降りください」

運転手はドアを開けて降車を促《うなが》し始め、栞名も立ち上がった。まだ駅までだいぶあるけれど、ここでじっといつまでも待っているわけにはいかない。

降りようとした瞬間、傍《そば》のシルバーシートの老女の『声』が聞こえた。

『どうしよう、孫が熱出してるっていうから、早く帰ってやらなきゃならないのに。でも降りても道が判らないし……』

チラと振り返り見つつも、栞名は声はかけなかった。

聞こえていながら、一人降り立った。

――ごめんなさい。

今は時間がない。人に手を差し伸べる余裕はなく、歩道を駅に向け歩き出す。とても徒歩で行ける距離ではないけれど、数百メートルほど行けば国道と交わる交差点がある。べつの路線バスに乗るか、タクシーを捕まえれば間に合う。

病院から続く道は、何度か額田の隣に座ってバスから眺めた景色だ。街路樹はほとんど葉も落ち、すっかり冬景色に変わりつつあった。初めて自分の足で歩くとは思えない道を栞名は急ぐ。

歩道には同じようにバスやタクシーから降りて、先を急ぐ人の姿がある。子連れの母親、足の悪い老人。助けの手を必要としている人を栞名は俯いて追い越し、歩き続ける。

『誰か、助けて』

『声』にびくりとなって振り返った。

擦《す》れ違《ちが》ったのは、一見楽しそうに歩く制服姿の女子高校生のグループだ。

『もうこんな生活イヤ。こんな子たち、友達じゃない』

真ん中の子だけが、やや暗い表情をしていた。もしかすると、苛《いじ》めにでも遭《あ》っているのかもしれない。

行き過ぎた女の子たちの背中を見つめそうになる栞名は、振り切って歩みを進めた。

自分にはどうすることもできない。

今はとにかく、額田を止めなくては。

一歩歩くごとに強くなる思い。

いつも漠然《ばくぜん》と誰かを救いたかった。人の役に立ちたい――――栞名の善意はどんなときも不特定多数に向かっていて、こんな風に誰かにだけ、なにをおいてでも守りたいほどの思いが芽生《めば》えるのは初めてだった。

いつからだろう。

ちょっと怖そうだけれど、心根《こころね》は優しい男。自分自身でさえもそれに気がついていない不器用な男が、栞名の心を占《し》めていた。

人を傷つけるために生まれてきたわけじゃない。誰かの道具になるために、彼は存在しているんじゃない。

――――絶対に止めなければ。

前だけを見て歩くうちに、迷いは消えようとしていた。額田のことだけで、頭がいっぱいになる。体は前にのめった。右足が着地する前に、左足が地面を蹴《け》る。身を弾ませて小走りになった栞名は、あと少しで交差点に辿り着こうとしていた。

背後から歩道を走ってきた自転車が、猛烈《もうれつ》な勢いで脇《わき》を擦り抜ける。

驚いて避けようとした栞名は、近くを歩く男にぶつかった。

「すっ、すみませんっ！」

黒ずんだ紫色のコートを着た男だった。フードを深く被《かぶ》りフラフラと歩いていた男は、衝撃に大きくよろけ、小脇《こわき》に抱えていたものがアスファルトに落ちる。

「大丈夫ですか⁉」

『……大丈夫』

「……ああ、平気だよ」

「よかった……本当にすみません、荷物まで落としてしまって」

小さな折《お》り畳《たた》みの椅子とテーブルだった。運ぶには妙なものだけれど、栞名はあまり気に留めなかった。

ホームレスの老人だろうと思ったからだ。よく見ればフードのあるコートと思い込んだものは、厚手のカーテンのような布だ。

慌てて荷物を拾う栞名は、足元に路上生活を送る人の持ち物とは思えないものが転がっているのを目にした。

「あっ、携帯電話……」

かなり古い型のようだけれど、大事なものだ。焦《あせ》って拾おうとすると男が自《みずか》らすっと手を伸ばした。

『……しゅう』

微かに響いた『声』に訝《いぶか》る。

「……え？」

顔を起こすと、深く被った布の下の男の顔が一瞬だけ覗いた。

暗い色をした眸《ひとみ》。まだ老齢ではない。四十前後くらいだ。顔立ちも整って見えたけれど、男はすぐに顔を伏せて言った。

「ありがとう、助かったよ」

「い、いいえ、本当にすみませんでした」

栞名は深々とお辞儀《じぎ》をしてその場を離れる。

なにか引っかかるものを感じた。でも、交差点の先に停車するバスが目に入り、慌てて走り出した。降車する客が数人いたおかげでどうにか間に合い、安堵《あんど》する。

開かれた乗車口を見上げ、ステップに足をかけようとしたときだ。

まるで忽然《こつぜん》と天から降《ふ》り注《そそ》がれたみたいに、思い出した。

『夢に見るんです』

駅前で出会ったシュウの言葉。

『彼も俺も姿が変わり過ぎていて、お互いに擦れ違っても気づかないっていう夢』

栞名はバッとその場で振り返った。

交差点の向こうに、先ほどの紫の布の男の姿はもうない。

「お客さ～ん、乗るの？　乗らないの？」

運転手の問う声に、ステップを上ろうとする栞名の足は震えた。

バスは扉を閉じて走り去り、その場に残った栞名は携帯電話の時刻を確認した。

少しなら。まだ、少しなら時間がある。

男の消えたほうへと向かった。あの集合写真の彼だ。すぐに気づかなかったにもかかわらず、先ほど見た男がシュウの探していたカズヨであると、栞名には確信が持てた。

何故ぶつかった瞬間に思い出せなかったのだろう。

何故、バスに乗るときになって自分は思い出したのか。

まるで神様に『探せ』と命じられたかのようだ。与えた役目を忘れることは許さないとでもいうように。

「なんで……」

たった今別れたばかりなのに、男の姿は見当たらなかった。続く道に、紫の後ろ姿はない。

藁《わら》にも縋《すが》る思いで細い脇道を通り抜けると、川沿いの道に出た。

大きな川がゆったりと流れている。近くには鉄橋《てっきょう》があり、電車が走り抜けていく姿も見える。額田のいるはずの駅へと向かう電車が。

栞名は慌ただしく周囲を見回し、土手を突っ切って河川敷《かせんしき》の歩道に下りた。吹き抜ける風と、散歩する人々。母と幼い頃に歩いた、あの川べりのような光景が広がる。

懐《なつ》かしい景色の中にさっきの男の姿はない。

右も左も判らないまま走り続けた。

早くしないと。早く見つけなければ。

土手の枯《か》れかけた草が、揺れる葦《あし》のようにさらさらとなる。

『神様に私ときーちゃんだけがお願いごとをされたからよ』

母の『声』が思い出される。

『「聞こえない人」たちの手助けをしてほしいんだって』

――母さん、判ってるよ。

判ってる。今やってる。

「……やってるからっ！」

苛立《いらだ》った声を上げて走る栞名を、ランニング中の男性が怪訝《けげん》に横目にして通り過ぎていく。

カズヨの姿だけがどこにも見当たらなかった。

何度も時計を見た。二分置きに見ていた時計は一分置きになり、やがて数字が変わってもいないのに繰り返し見る。

もう限界だ。これ以上探せない。泣きたくなるような焦燥感《しょうそうかん》に栞名は苛《さいな》まれる。

「……シュウ、ごめんなさい」

自分には探せない。

せっかく会えたのに、あんなにも彼が探していた人を自分は見つけたのに。

せめて見かけたことを知らせたいと考えたところで、シュウと別れる際に連絡先を交わさないままだったのを思い出した。あのときも、自分は額田の元へ行くことを優先したのだ。受け取ったビラはみんな配ってしまっている。

押《お》し潰《つぶ》されそうな、いっそ潰れてしまいたいほどの罪悪感に責め立てられながら、栞名は元来た道へとひた走った。

バスの姿はなかった。来る気配すらなく、駅のほうへ向けてそのまま走り続けた。途中タクシーを捕まえ、ワンメーターほどの距離を乗ることはできたけれど、駅前の繁華街《はんかがい》に入るとまた道は混んでいて時間をロスした。

タクシーを降りたときには、もう五時を回っていた。駅ビルの壁面《へきめん》のローマ数字の時計は、長針《ちょうしん》を右へと深く傾けている。

栞名は膨《ふく》れる絶望感を振り払うように、ラッシュ前でも途切れない人の中を走った。

飛び込んだコンコースは今日も人が溢れている。案内所の人だかり、小さなスタンドのパン屋でベルを振る女性、改札には老齢の駅員の姿。走りながら栞名は何度も首を振った。拒絶しようとも、『声』は亡霊のようにずっと追いかけてくる。幼い頃から、どこまでもずっと。

知らない。誰も知らない。他人の笑顔の裏の苦しみも涙も、窺《うかが》うことなく生きている。どうして自分はそれを知る術《すべ》を持ってしまったのだろう。

ずっとその答えを探していた。

自分も、そして母も。

母は辿り着いた答えに応えることができないと嘆き、自らに失望して死んでいった。

本当は判っている。

答えなんて存在しないということ。

自分がどうしてここにいるのか。なんのために存在するのか。それはきっと、この世界にヒトが存在する理由と同じ。すべてはずっとずっと昔から、気の遠くなるほど遠い昔から連《つら》なる事象《じしょう》の果てに生まれた産物に過ぎない。心の声を聞くことに意義なんてこれっぽっちも有りはしない。

ただ無意味だと信じたくないだけ。理由がどうしても欲しいと足掻《あが》いているだけ。

誰かに自分を認めて、ここにいることを許して欲しかったから——

「……額…田さんっ」

栞名は辿り着いたホームへの階段を駆け上がった。

息が切れる。心臓が破裂しそうに鳴る。壊れてしまってもいいと思った。あの人を不幸にしてしまうくらいなら。

とうに友陣会の幹部を乗せた電車も到着して行ってしまったホームは、右を見ても左を見ても、額田の姿はなかった。次の電車を待つ人の間を縫《ぬ》うように、栞名はふらふらと歩く。

諦め切れずに進むうちに、人気《ひとけ》の少ないホームの端近くまで辿り着き、そこで鳴り響く音を聞いた。

けたたましく周囲の空気を劈《つんざ》く音。駅の正面口のほうから響くパトカーのサイレンに、栞名は魂《たましい》を抜かれたみたいにその場に崩《くず》れ落《お》ちた。

間に合わなかった。

自分はあの人に、人殺しをさせてしまったのだ。

栞名は蹲《うずくま》り、頭を抱えた。

「……さい……ごめんなさい」

ごめんなさい。

お母さん、誰も救えなくてごめんなさい。

消えてしまいたいとでもいうように、身を小さく丸める。懺悔《ざんげ》するしかできなかった。

――神様、僕は駄目な人間です。

シュウの大事な人を探し切れずに放り出し、額田をも止められず、なに一つ守れもしない。

結局、すべての人に分け隔《わ へだ》てない思いを注《そそ》ぐことなどできない。自分は神様の使いなんかではなく、ただの無力な人間でしかなく、子供の頃から同じ。

誰もいらないという、人の間を順番に回されるだけの荷物だ。

「……額田さ…んっ、が…くたさんっ……ごめんなさいっ、ぼくっ……僕のせ…で…っ……ごめっ……くっ……」

栞名は鳴り渡るサイレンの中で人目も憚《はばか》らず慟哭《どうこく》した。

生まれて初めて大きな声で泣いた気がした。言葉にできない感情が涙へと変わる。ふと身を起こして顔を仰向《あおむ》けると、ホームの屋根の向こうに、晴れた夕焼けの空が見えた。

赤い色は滲《にじ》むように、空の端から端へと広がっている。屋上で最後に母を見たときと変わらない、抜けるように広がる果てのない空。軽くなった心は、手を離せばどこまでも遠くへ昇って行ける。

『カンナ』

声がした。

それは天に招く母の『声』ではなく、引き留めるように名を呼ぶ男の『声』だった。

茫然《ぼうぜん》となるまま、栞名はゆっくりと背後を振り返る。

ホームに黒ずくめの服の背の高い男が、気配を殺して立っていた。

「が……額田さん、どうして……」

『おまえが来たのが判った。あんまりワンワン泣いてるから』

『声』は答えにならない言葉を響かせる。

表情を変えない男は、昨日の夜のように鋭《するど》い眼差しで自分を見つめるばかりだ。

冷めた風な顔をして見下ろされ、なにも答えなど教えてくれないと思った額田は、静かに口を開いた。

「おまえは俺を止めに来るんじゃなかったのか?」

「え……」

「全然間に合ってないじゃねぇか」

まだ濡れた眦《まなじり》に、栞名は目蓋《まぶた》を幾度か瞬《しばた》かせ、しどろもどろの声を発した。

「とっ、途中でいろいろあって……まに、間に合わなくなってしまって……ごめんなさい」

「ふん」

「あのっ……」

なにも判らず焦《あせ》る栞名に対し、まるで立場でも逆転したかのように、額田のほうが先に察して言った。

「殺《や》るはずの男なら、もうとっくに行っちまった。タクシーに乗ってな。今頃親父の見舞いに病院に着く頃だろう」

「でもっ……」

パトカーらしきサイレンの音は止《や》み、人気のないホームの端の二人の周囲は静かだった。

栞名の戸惑いに、男は音のしていたほうに目線を送る。

「なにか事故でもあったんだろう。俺には関係ない」

「じゃあ、額田さんは……」

本当になにもしていないのか。

あれほどに、頑《かたく》なに考えを改めようとはしなかった彼が——

「なんだろうな、急にバカバカしくなった。親父の喜ぶ顔より、なんでかおまえがここに来る姿を見たくなった」

信じられない思いで見つめる栞名に向け、線路から風が吹き抜けてくる。柔らかな前髪をふわふわと揺らし、濡れた頬を乾かそうとでもするように風は何度も緩《ゆる》く撫《な》でた。

人は誰に救われずとも、自分の力で新しい道を選ぶ。過《あやま》ちも哀しみも、逞《たくま》しく乗り越えて行ける。

額田の顔は、少しだけ夕日の色に染まって見えた。

「おまえがしつこく餌付《えづ》けするから、首輪がすっぽ抜けちまったのかもしれねぇな。昔から俺は食い意地が張ってるんだ」

冗談の言える男ではない。本気で言っていた。

栞名はくしゃりと表情を歪《ゆが》めて笑んだ。

「僕の……僕の首輪も抜けてしまいました」

「は？」

「自分で勝手につけてた首輪。もう、変な拘《こだわ》りを持つのはやめます。僕は神様に好かれたくて誰かの役に立ちたいんじゃない」

許されたかった。

誰かにずっと、必要とされたかった。

けれど、それ以上に自分から求めることを、目の前の男と出会って知った。

「今日も、本当はあなたのために止めたかったんじゃないんです」

「どういう意味だ？」

栞名にはもう判っていた。この気持ちをなんと呼ぶのが相応《ふさわ》しいか。一人の人間に焦《こ》がれ、求める想いを表わすために存在する言葉。

きっとこれは、みんなが『恋』と呼んでいるものだ。

「僕は自分のために、そうしたかったんです。あなたが好きだから。あなたが悪人になる姿なんて見たくないし、刑務所なんかに入って欲しくもない。だって、僕があなたと一緒にいたいから」

額田は真《ま》っ直《す》ぐに栞名を見つめ、そして応えた。

「……そうか、じゃあ俺もおまえのためじゃなく、自分のために親父の命令を果たさなかったことになるな」

「それって……」

少し額田は嫌そうな顔をした。

「言う必要ないんだろ。おまえは俺の心が読めるんじゃ……」

ちょうどそのとき、ホームに電車が入ってきた。流れる到着メロディと共に、銀色の車体の放つ轟音《ごうおん》が辺りの音をすべて掻き消《かけ》す。

額田の声は途中から途切れ、響いているはずの『声』も栞名の耳には届かなかった。

ただ歩み寄る男の姿が目に映った。

冷たいホームのアスファルトの上にへたり込んだままの栞名の元へ、額田は近づいてきて、じっと見下ろしたかと思うとその場にしゃがみ込んだ。

大きな手が小さな顔を包み、半乾《はんがわ》きで涙のあとの残った頬をごしごしと拭う。それだけでは足りないと思ったのか、額田は躊躇《ためら》いもなくべろっと舐《な》めた。猫ではなく、確かに犬みたいな仕草だった。

そして、人へと戻った男は、栞名の薄赤く染まった唇に唇を押し当てた。

そっと触れ合わせ、離れていく。

その瞬間、額田の気持ちは浸透《しんとう》するみたいに伝わってきた。

言葉ではないもの。栞名は初めて、触れる肌でも人の気持ちを感じ取れることを知った。

「額田……学《まなぶ》さん」

「……ん？」

「そういえばまだ、あなたにちゃんと自己紹介してなかったんです。僕の名前、知らないでしょう？」

見つめ合うと、照れ臭くなってちょっと笑む。

栞名は軽く息を吸い込んでから言った。

「僕の名前はね、希一って言います。栞名希一です」

言ノ葉ノ記憶

栞名《かんな》が意を決して座卓《ざたく》の端に白い封筒をすっと差し出すと、額田《がくた》は仏頂面《ぶっちょうづら》をこちらに向けた。額田の部屋での夕食の時間だ。手にした茶碗を離さないまま、無愛想《ぶあいそう》な男は封筒と栞名の顔を見た。口を開くべくおかずの肉と白米を嚥下《えんか》するも、その反応は語られる前から栞名には『声』で伝わってくる。

『なんだ？　こいつにやったもんじゃねぇか』

「わ、忘れないうちにお返ししようと思って」

部屋の戸口に置かれていた大金入りのあの封筒だ。

『もしかして、わざわざ封筒を返しに来たのか？』

「なっ、中のお金です。こんな大金受け取れませんから」

先走る栞名は、額田の心の声に応《こた》えて言う。今度はちゃんと通じたようだけれど、その顔は依然として仏頂面のままだった。

「なんで返す？　今までのメシ代だって封筒に書いといただろうが」

「多すぎます。こんなにかかってません！」

「じゃあ、これからの分だ」

「え？」

「今からかかる分の材料代だと思えばいい」

ぼそりとした低い声だが、さらっと寄越《よこ》された返事に、向かいで行儀《ぎょうぎ》よく正座を続ける栞名はドキリとなった。

言葉どおりの意味だ。深い訳なんてないのは判《わか》るけれど、それはつまり夕飯を作り続けてもいいということだ。

また、毎晩のように、こうして部屋を訪《たず》ねてもいいということ。

『美味《うま》い』

食器の並んだ座卓越しに響く額田の心の声に、琹名は緊張を解《と》くとぱっと顔を綻《ほころ》ばせた。皿の上に置いた自分の箸《はし》を取り、食事の続きに戻る。

「足りなくなったら、遠慮しねぇで言えよ」

「はい。でも、こんなにいただいたら、足りなくなることなんてないと思いますけど」

「そうか？　おまえにやったもんなんだから、好きに使え」

琹名は今度は曖昧《あいまい》に小さく頷いた。そう言われても欲しいものは特にないし、ただこうしてまた額田と一緒に過ごせて、食事も『美味い』と響くシンプルな感想が聞ければそれでいい。

ささやかすぎるほどの、平凡な望み。

実際、容易《たやす》く叶ってはいるものの、元どおりの日常に戻れたかどうかは判らない。

「額田さん、駅でのこと……大丈夫だったんですか？」

殺人という恐ろしい行為を、額田が思《おも》い止《とど》まったのは一昨日《おととい》だ。忠義を尽くしてきた組長の命令に背《そむ》き、初めて押し通した自《みずか》らの意思。しかし、それがどんなに正しい行いであっても、額田の住む世界では謀反《むほん》に違いない。

昨日はいつの間にか出て行ったきりなかなか戻って来ない額田に、栞名は気が気ではなかった。帰ってきたのは、今日の午後になってからだ。

「ああ……まぁな。親父に詫《わ》び入れといた。ちょいと怒られたけどな」

額田は応えながら身を乗り出し、中央の皿に盛った竜田揚《たつたあ》げを箸で取る。

「……そうですか。大事《おおごと》にならなかったのならよかったです」

栞名はぎこちなく笑《え》んで応えるも、向かいの『声』を聞き逃すことはできなかった。

『「この程度」ですんでよかった』

たったそれだけの『声』。けれど、それがなにを示しているのか、栞名には判る。

「それより、おまえのほうは大丈夫だったのか?」

「え……?」

「猫だ。大家《おおや》に頼んでみるって言ってただろ。いい返事もらえたか?」

ミチルはまだ母親の入院で祖母の家に行っており、黒猫のメイは栞名の部屋に居候《いそうろう》している。夕飯に好物の猫缶をあげたからご機嫌で、今頃は入り込んだ押入れの布団の上で我が物顔で寝ているはずだ。

まさか、自らの暮らしが脅《おびや》かされているなどと知るはずもなく。

「それが……」

昨日、手土産《てみやげ》の菓子を携《たずさ》えて大家の家に詫《わ》びを入れに行ったものの、色良い返事はもらえずじまいだ。ちゃっかり菓子は受け取りつつも、「約束は約束だからね。このまま猫を飼うなら出て行ってもらうよ」ときっぱり釘《くぎ》を刺す大家の老婦人に返す言葉もなかった。

「ダメだったんだろ。あのばあさん、頑固《がんこ》だからな。ろくにアパートの手入れもしねぇくせして」

「ま、また行ってみます。諦めずにお願いしたら、大家さんの気持ちも変わるかもしれませんし。すぐに出て行けって言われなかっただけでも運がよかったっていうか」

「相変わらず、前向きだなおまえは。まぁ、そんくらいのほうが運も引き寄せられるか……」

額田はふと箸を持つ手を宙で止めた。

『いや、そうでもねぇか?』

「額田さん?」

『貧乏くじ引いて、猫の飼い主扱《あつか》いされてやがるし。一言、下のガキんちの猫だって言やぁいいのになぁ、バカな奴だ』

罵《ののし》る『声』にも、栞名は少しも嫌な気分になれない。額田が気にかけてくれていることに、嬉しくなった。

『美味い』

再び響き始めた『声』に合わせ、箸を口に運ぶ。また一緒に食事ができる喜び。貧乏くじなんて引いていない、自分は幸せなのだと知らせるように、栞名は声を弾《はず》ませた。

「美味《おい》しいですね、額田さん！」

「……自分で言うか、普通？」

呆れ顔が返ってきたけれど構わなかった。


夕飯で胃袋が満たされると、額田はいつかのようにまた居眠りを始めた。

まるきり、動物みたいだ。大きな肉食獣《にくしょくじゅう》。狩りと食事の時間が終われば、体力の温存のために無駄な活動はせず眠って過ごす。

栞名は畳《たたみ》の上を膝《ひざ》でにじり寄り、壁際に畳《たた》んだ布団を枕にごろりと横になった男を見下ろした。

目蓋《まぶた》を落とした額田はぴくりとも動かない。強面《こわもて》を思わせる鋭《するど》い眼光《がんこう》が消えると、表情は穏やかに見える。

部屋を暖めるためのファンヒーターの音が、やけに大きく聞こえた。息を殺して見つめる栞名の心臓も、ドクドクとうるさく鳴る。

自分とは似ても似つかない顔は、顎《あご》のラインがしっかりしており、首の喉仏《のどぼとけ》も男らしさを強調するかのように高く突き出ている。規則正しい呼吸に膨《ふく》らむ胸元。じっと見た栞名は、額田の身を包むチャコールのニットの裾《すそ》をそっと摘《つ》まんだ。

おもむろに捲《まく》って見る。鍛《きた》えた体であるのが一目で判る。しかし、覆《おお》う腹筋に感嘆《かんたん》するでもなく、栞名の眸《ひとみ》は目にしたものに動揺して揺れた。

ひどく変色した腹部。青痣《あおあざ》が皮膚の下から滲《にじ》むようにいくつも浮かび上がっている。額田が『この程度ですんでよかった』と『声』にしたのは、組長に背いて制裁を受けたこの傷だった。

丸い特徴的な痣だ。人に殴られるとこんな痣ができるのだろうか、栞名は殴られたことがないので判らない。ほかの多くの平和に暮らす人たちだって判らないだろう。

でも、これが額田には日常なのだ。人に傷つけられたり、人を傷つけたり。やめろなんて簡単には言えない。当たり前になった日常から抜け出すことがどんなに難しいか、栞名には判る気がする。

思いつめたような顔をして見下ろす栞名は、前触れもなく動いた手に腕を摑まれ、飛び上がらんばかりに驚いた。

「がっ、額田さんっ！」

反射神経の為《な》せる業《わざ》だ。眠っていた男の目がぱっと開く。

「なにをやってる？」

『こいつ今、腹を見て』

「すっ、すみません、あのっ、なにか探ろうとしてたとかじゃなくて……」

勝手に体を見たりして、不審極まりない状況だ。言い訳も思いつかずにしどろもどろになる栞名に、だるそうに上半身を起こした額田は溜め息を零《こぼ》した。

「こんなことまで、おまえは心の声を聞く力とやらで判るのか」

「あ……」

『……そうか、考えたことが全部聞こえてるってんなら……じゃあ、今だって聞いて……』

「……すみません」

栞名は行儀の悪さを叱られた子供のように項垂《うなだ》れるしかない。

自分にとっては普通でも、額田には気味が悪いに決まっている。

「悪気はなかったんです。ただ、お腹が痛むようだったから心配で……あの、僕もう帰りますね。本当にごめんなさい。次からは……気をつけますから」

どう気をつけようというのか。栞名は聞かないでいる術《すべ》など知らない。とりあえず今は自分がいなくなるのが一番だとばかりに、謝りながら立ち上がろうとして、出て行くのを阻《はば》まれた。

腕を摑んだままの大きな手に、ぎゅっと力が籠《こも》る。

『帰るな。ここにいろ』

栞名は大きな目を零れそうに瞠《みは》らせた。

「でも、ここにいたら……」

「べつに俺は聞かれて困ることはねぇ」

額田の言葉に嘘はない。

栞名は拍子抜《ひょうしぬ》けした。

「そ、そうなんですか？　額田さんってやっぱり……ちょっと変わってますね」

「そうか？」

「みんな嫌がります。今まで教えた人には、すぐに避《さ》けられるようになりましたし、そうじゃない人も……だんだん気味が悪く思えてくるみたいで。気持ちは僕も判るんですけど、どうしようもないし」

『自分でも嫌なのか？』

むすりと唇を引き結んだまま、話を聞く額田の『声』に栞名は首を捻《ひね》った。

「……どういう意味ですか？」

「おまえも、もし人に聞かれたら嫌なのか？」

考えてみる。母とは生まれながらに通じ合っていた。

でも。

額田を見つめ返すと、おのずと答えは出る。

「いや……かもしれません」

初めてこの妙な力を気にしないと言ってくれた相手なのに、栞名のほうは嫌だと感じてしまった。ときどきならいいけれど、全部は嫌だ。恥ずかしい。

——自分はお喋《しゃべ》りで、心の中でもきっといろんなことをぐるぐると考えていて、額田さんのことだってそう。今みたいに。

現実になったわけでもないのに、頭を悩ませる。不意に視界がぐるんと舞い、頭も体も隙だらけに陥《おちい》っていた栞名は『わっ』となった。

「じゃあよかったな。俺にそんな力がなくて」

巻き込まれるようにして倒された先は、額田が枕代わりにしていた畳んだ布団だ。ぽすりと小さな頭を沈ませた栞名は、覆《おお》い被《かぶ》さろうとする男をびっくりした目で仰《あお》ぐ。

「えっと……」

「言わなくても判るんだろうが」

『抱きてぇ』

額田からは、欲情した男のシンプルな訴《うった》えが届いた。

「腹も膨れたしな」

「か、会話が嚙《か》み合《あ》ってません。お腹いっぱいになったからって……」

「なんだ、怪我の気を紛《まぎ》らわす以外にはやりたくねぇってか？」

食欲の後は性欲。あまりに短絡すぎると戸惑う栞名に、額田はあからさまにむっとした反応だ。

「気に入った奴見つけて、抱いてなにが悪い。おまえは俺が嫌なのか？　こないだ……ああ、つい二日前だ。駅で俺のこと好きとかなんとか言ったじゃねぇか」

「す、好きです。好きですけど……」

「じゃあ、問題ないな」

「も、問題は……」

あると思う。

気に入ったから交尾《こうび》する。それじゃあ、本当に犬や猫だ。

額田とはすでに何度も自慰《じい》の手伝いでセックスの真似事《まねごと》をして、一度は怒らせた勢いで未遂とはいえ体を繋《つな》げたこともある。

でも、今は気持ちの在《あ》り処《か》が違っていた。

人間はそんなに単純じゃないはずだ。互いに好意を持ったなら、まずは恋であるかを確かめ合う必要があるし、付き合ったりと手順をいくつか経《へ》たのち——

必死で頭を巡《めぐ》らせる栞名に対し、額田は本能の赴《おもむ》くままだ。

『びっくりしてやがる。可愛いな、こいつ抱きてぇ』

「が、額田さん……」

その言葉だけで、子猫が首根っこを引っ摑まれたみたいに、栞名は大人しくなってしまった。

好きな相手に求められて、応えたいと思わないはずがない。

『へぇ、便利なもんだな、喋らないで通じるのも』

こんなとき、通じなくていいことまで聞こえてしまう。

「嫌なら途中で嫌って言えよ。止《や》めるかどうかは判らねぇけど」

「それじゃあ、言う意味がなっ……」

反論は触れた唇にあっさりと封じられた。

声も発せないほど強く押しつけられたからではない。またびっくりしたからだ。今までは、最初にキスなんてしなかった。

「……どうした？」

栞名は胸がいっぱいになってしまったみたいに、黙って首を振る。額田の首筋に両腕を回しかけ、今度は少し顎を持ち上げるようにして、自らもキスを求めた。

唇や肌で額田を感じるほどに、頭がぽうっとなっていく。最初、自分の役目は欲望を処理することでしかなかったのが、別人のように今の額田は優しい。

嘘みたいだ。あの日、駅に間に合わなかった自分は本当は別の世界で泣いていて、今の自分はここで夢を見ているだけじゃないかなんてろくでもないことまで考える。

なにもかもが、栞名には幸せすぎた。

キスをして、肌を探って。服を脱がされるだけのことが、ひどく恥ずかしく思える。みんなこんな風に、好きな人に貧相《ひんそう》な裸を晒《さら》しているのか。貧相は自分だけかもしれないけれど、とにかく体は男だ。抱かれるのに相応《ふさわ》しくはない。

今になって浮上する当然の疑問も、額田はまるで初めから存在しないかのように気にしていなかった。

裸に剝《む》いた栞名の体に触れる。唇で食《は》むように、ちゅっちゅっと音を立ててそこかしこを吸い上げ、強く反応する場所を見つけ出しては、舌や唇で執拗《しつよう》なまでに愛撫《あいぶ》してくる。

「……ん…うっ……」

畳の上の尻をもぞつかせる栞名は、両手で口元を覆おうとした。臍《へそ》から下腹部のごく淡い茂みへとぞろりと舌を這《は》い下《お》ろし、額田は不服そうな声音《こわね》で言う。

「べつにデカい声出したっていいだろ。今は下の親子もいねぇし……アパートは、俺とおまえの二人だけだ。ああ……あと、あの黒猫な」

黒猫のメイは聞いたからといって、言いふらしたりしない。内緒にしてくれるだろう。

「でもっ……」

誰もいないと判っていても羞恥《しゅうち》を覚える。

額田が聞いている。抱き合う相手でさえ、脅威《きょうい》だ。そんな性に未熟な栞名の躊躇《ためら》いなどまるで理解しない男は、早々にウールのパンツも下着も抜き取った両足を畳んで広げた。

「……あ、やっ」

それだけのことに身を縮《ちぢ》こまらせる。緩《ゆる》く頭を擡《もた》げた性器が、開かされた中心で不安と期待に震えるように揺れて恥ずかしい。

『怯《おび》えてんのか？　しょうがねぇな……』

勘違いをした額田は、「ひでぇことはしねぇから」と言葉でも心でも声にした。

抱きたいと言ったくせに、様子がおかしい。栞名が想像した行為とは違っていて、額田はまだ上着のニットすら脱いでおらず、栞名だけに快楽を与えようとする。

まるで、あのお詫《わ》びの夜と同じだなんて思ったけれど、思考はうまくまとまらない。

「あっ……うぅ……」

大きな口に性器を飲まれる。ついこの間、教え込まれたばかりの快感は、長い間禁欲的に暮らしてきた身には刺激が強すぎた。口淫《こういん》には具合のいいサイズだとでもいうように、淫《みだ》らな湿《しめ》っぽい音を立ててしゃぶられ、羞恥と悦楽《えつらく》にもみくちゃにされた栞名は眦《まなじり》に涙を浮かべる。

達するより、溶けてしまうのが先かと思うような愛撫だった。

「あっ、あっ……」

打ち上げられた魚みたいに、畳の上の体や布団の上の頭が勝手に跳ねる。閉じきれずに薄く開きっぱなしになった唇の間から、栞名は控《ひか》えめな嬌声《きょうせい》を漏らし、ぎゅっと閉じた目蓋の縁を長い睫《まつげ》が寝そべるほどびっしょりと濡らした。

「んん…っ……や……」

いつの間にか、額田の指が狭間《はざま》を這っていた。腰の奥の隠れたところ。男同士で体を繋げたりはもうしたくないのかと思えば、そうではないらしい。足を割られて無防備に晒した窪《くぼ》みを、無骨《ぶこつ》な指はやわやわと撫《な》で摩《さす》る。

『挿《い》れてぇけど、慣らすには時間かかりそうだな』

興味をなくしたわけじゃない。額田は以前傷つけたのを気にして、我慢してくれているのだ。

『今日は……無理か。くそ、しょうがねぇ』

口は悪いけれど、優しい男だ。あのときの痛みを思えば恐れしかないはずなのに、高鳴りっ放しの胸がきゅっとなった。縮《ちぢ》まった傍《そば》から大きく鼓動《こどう》を打ち、不器用な男への愛《いと》しさを募《つの》らせる。

「あっ、や……やっ……」

唾液《だえき》をまぶした指を這わされると、それだけでまた体が揺れる。

「感じてるくせに、イヤはないだろう？　これくらいは、我慢しろ」

「そうじゃっ……なくて、あっ、ちがっ……ひぅ……ん……」

敏感《びんかん》な入口の周辺をなぞられただけで、綻《ほころ》びそうになる。勝手に体が弛緩《しかん》し、額田の指が撫でる先からふにゃりと解《ほど》けて、物欲しげにひくつかせてしまいそうだ。

『……もしかして、こっちも感じてんのか？』

「やっ、あっ……」

額田の『声』が、肯定《こうてい》して響く。

『どこもかしこも小せぇくせして、ホント感じやすいんだな、可愛い奴』

「や…ぁあっ、ん……んっ……」

『可愛い……』

　栞名はむずかる子供のように、身を捩《よじ》らせて頭を振った。

　これ以上『声』を聞かされたら、おかしくなってしまいそうだ。

「……栞名？」

「額田さっ…ん……言わな…いで、くださいっ……」

「……なにを？　なんも言ってねぇ……」

　額田は一瞬不思議そうな反応を見せたが、すぐに理解する。

「ああ……そうか、こんなときでも聞いてんのか……そりゃあ、大変だな」

　聞かれているのは自分にもかかわらず、他人事《ひとごと》のように言う男は、好奇心だけを逞《たくま》しくした。

「ずっと聞こえてんのか？」

「……はい」

「俺は今なに考えてる？」

「……大変そうだなって、それから……」

　額田の視線は意識ごと狭間に向かった。日頃自分で確認したこともない秘めた部分。額田が見つめれば、それだけで響く『声』には卑猥《ひわい》な単語が聞こえよがしに並ぶ。

　色や形、どんなふうに綻んできているかも。

「やっ……やめっ、意地悪しない…でっ、ください」

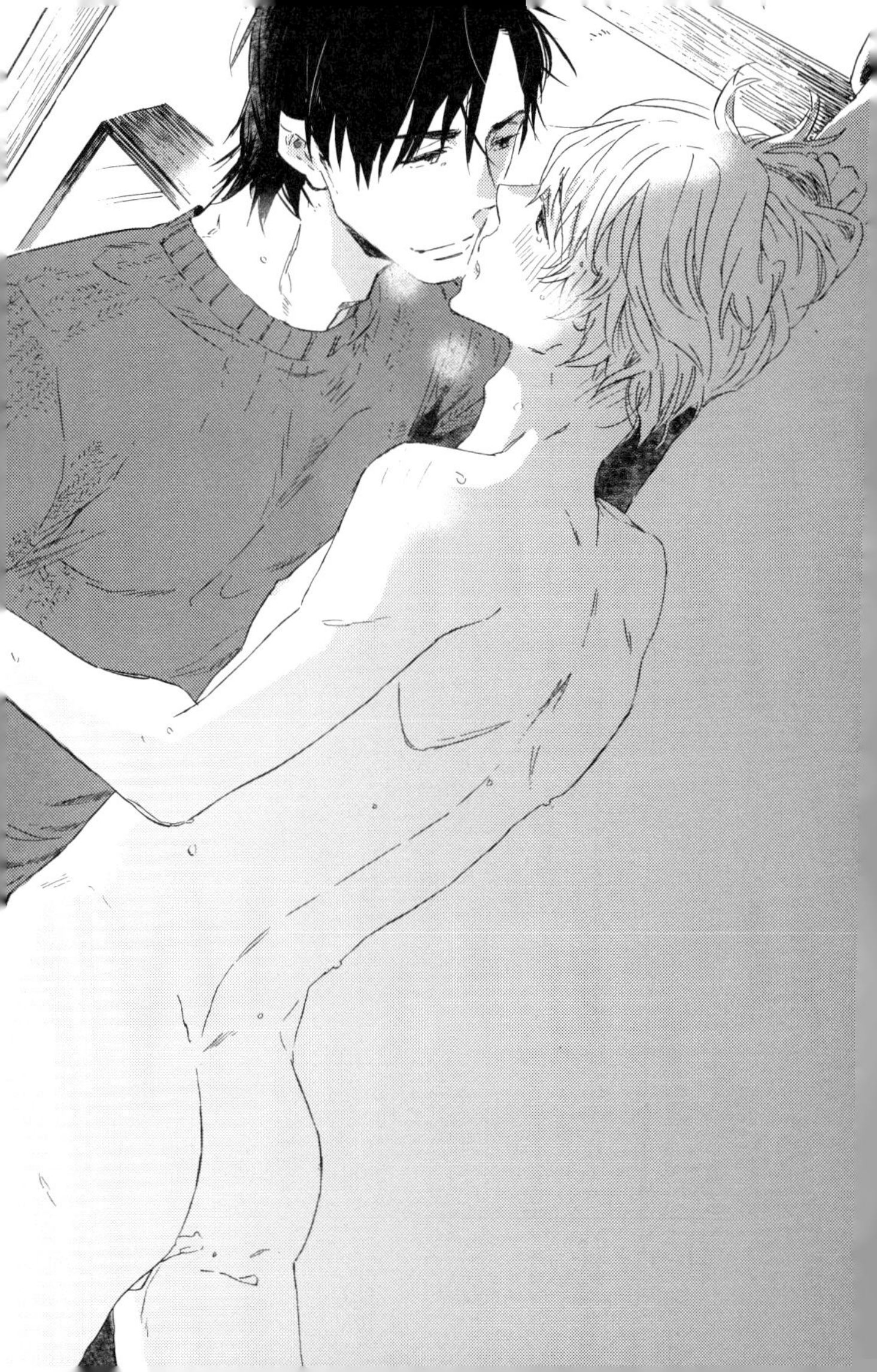

「なんもしてねぇ」

「してるじゃ……ない、ですか…っ……んんっ」

含み笑う額田にやめるつもりはなく、本当に意地悪だ。両手を使って前も後ろも刺激しながら、布団を枕にした栞名の顔を覗き込んでくる。

「聞こえないときとかねぇのか？」

「ぼうっとしてるとき……とかっ、遠くにいるときっ……あっ、それと……でん、わもっ」

「電話？　ふうん、じゃあ今度から電話でエッチすっか？　おれもそっちはやったことねぇ」

「そんなことっ……んっ、あっ、がく、たさんっ……」

潜《もぐ》り込《こ》んできた指に、栞名は鼻を鳴らして啜《すす》り喘《あえ》いだ。少し先まで飲んだだけで、腰が揺れて軽く達しそうになる。

「……ぁ…っ、はぁ…っ」

『ビクビクしてんな。こんくらいでイッちまいそうだ』

濡れた指はじわじわと侵入を続け、狭い道筋に奥まで咥《くわ》えた栞名は甘ったるく鼻を鳴らして快感を伝えた。きゅっと無意識に力を込めたところを抜き出されると、蕩《とろ》けるような快感がぱっと散る。

花火のように一瞬で消えるのではなく、いつまでも燻《くすぶ》る火《ひ》の粉《こ》だ。幾重《いくえ》にも体に散っては折り重なるように降り積もっていく。

「イキそうか?」
「んっ、んっ……が、額田さんも……」
額田の黒いスラックスの前が張り詰めているだろうことは、触って確かめなくても判ってい
た。一人で終えてしまう前にと、まだ慣れないながらもファスナーを寛《くつろ》げて指をからませる栞
名に、額田は苦笑する。
「お見通しか。便利なのか恥ずかしいのか、よく判らねぇ力だな」
「あっ……いっ、今頃、気づいたんですっ…か?」
額田は今まで、感情と共に羞恥心もどこかへ置き忘れてしまっていたらしい。
鈍《にぶ》い男に翻弄《ほんろう》されつつも、一方的なのは嫌だと高め合った。奥まで穿《うが》たれた指で、ゆっくり
と中を捏《こ》ねられただけで、快感にしゃくり上げる声が出る。指だけとはいえ、額田自身を捻《ね》じ
込《こ》まれたときにはあんなに痛いだけだった場所が嘘みたいだ。
信じられない思いで、快楽を共有した。額田が達したのは一度だったけれど、全身くまなく
愛撫され、とろとろに蕩けさせられた栞名は何度も射精した。
「あっ、あ……額田さんっ、すき……好きっ」
口走った言葉をよく覚えていない。泣いて感じる声を上げて、最後はずっとしがみついてい
た。身の深いところで感じる額田の指を、額田自身であるかのように錯覚して、泣きじゃくっ
て腰を揺らした。

キスされたらもっと泣いて、『好き』を振《ふ》り撒《ま》いた。額田はお返しのように、『可愛い』という『声』を響かせ、最初の出会いと始まりが嘘のように優しくて甘い。

『……こいつ、大事にしねぇと』

栞名はその夜、ずっと幸せでいっぱいだった。


十二月も終わりに差しかかってきた。

風向きを示すことのない折れ曲がった赤い風見鶏《かざみどり》を横目に、軋《きし》む門扉《もんぴ》を押し開いた栞名は、左隣の家の庭に出て掃除をしている大家に気づいた。

「おはようございます、今日はいいお天気になりましたね」

精一杯の笑顔で挨拶《あいさつ》をするも、竹箒《たけぼうき》を動かす老婆《ろうば》はにこりともしない。それどころか、出会い頭《がしら》に嫌味を飛ばしてくる。

「猫の貰《もら》い手《て》は見つかったかい?」

「そ、それはまだ……」

「ふん、困ったね。ちゃんと探してるんだろうね?」

『適当なこと言っても、騙《だま》されないよ』

疑いの『声』に追い打ちされる栞名は、耳を塞《ふさ》ぐわけにもいかずに「すみません」と頭を下げるしかなかった。何事も裏づけするかのように繰り返す『声』。嬉しいときにはより幸せになれる分、哀しみはずしりと重くのしかかってくる。

どうしたものかと頭を悩ませつつ、そのまま坂道を下った栞名はバスに乗って駅に向かった。電話で申し込んでおいたバイトの面接のためだ。けれど、求人情報誌の募集案内ではよさそうだった店も、行ってみれば結果は芳《かんば》しくなかった。

駅に隣接するビルのレストラン街の店。店長と顔を合わせてすぐから、『ホール係はなるべく女の子がいいんだよね』という本音を知る羽目《はめ》になった。

「それじゃあ、追って連絡します。携帯に電話していいかな?」

声だけはどことなく期待を持たせる明るさだ。接客業らしい完璧なスマイルで、中年の男性店長は面接を終えた栞名を送り出す。

『夜に断りの連絡入れるかぁ、面倒だけど』

微笑みとはちぐはぐな男の『声』にも、栞名は表情を変えることなく「はい、よろしくお願いします」と応えた。ショックは受けているし、がっかりしてもいる。でも、今更動揺することでもない。

栞名の世界はずっとこうだった。物心ついてからずっと。栞名の前に立つ人々は、口先や表情とは裏腹な言葉をぽんぽんと躊躇うことなくぶつけてきた。

——バイトも簡単に決まらないものだな。

一人になると肩を落としてエスカレーターに乗る栞名は、その原因が自分にあるように思えてならず、気持ちが沈む。焦《あせ》っても仕方ない。大きな街は求人の数が多くとも、その分求職者も数知れずいる。母の残してくれた遺産もまだ少しはあるのだから、きっとなんとかなる。

どうにか気を取り直そうと、自分を慰《なぐさ》めながらビルを出た。

平日にもかかわらず、師走《しわす》だけあって駅の周辺は歩きづらいほど人が多い。こんな日は帰ってふて寝でもしたらいいのかもしれないが、まだ駅に用事もあった。周辺を見回して見つけたコンビニエンスストアに入ると、栞名は自宅で作成してきたものをコピーする。

――とりあえず百枚。足りなかったら、また後でコピーしよう。

意を決し、人の多い駅前でおもむろに配り始めたのは、人探しのビラだった。

「よろしくお願いします！　この方を探しています！」

ペコペコと頭を下げながら、コピーしたばかりのまだ温かいモノクロのビラを、行き交う通行人に差し出す。以前もシュウの手伝いでこの場所に立って配ったから、ある程度は慣れた行為とはいえ、面倒臭げな眼差《まなざ》しや露骨《ろこつ》に煙たがる『声』は聞いて気持ちいいものではない。

探しているのはアキムラカズヨではなかった。

イチベシュウだ。

栞名はカズヨを見かけたことをシュウに伝えるべく、今度はこの場所に立って自身がシュウを探すことにした。あれだけ長い間、毎週のようにこの場所にいたのだから、自分以外にもシユウと親しくなって連絡先を知る人もいるかもしれない。

「よろしくお願いしま……」

「あっ、この人知ってる！」

「えっ、本当ですかっ？」

若い女性の二人連れがビラを見て足を止めてくれた。

「うん、ここで前にチラシ配ってた人でしょ？」

隣のハーフコート下のミニスカートから伸びた素足が寒そうな子も、反応して相槌《あいづち》を打つ。

「あ、いたいたそんな人！　ちょっとイケメンだったよね。女でも探してんのかと思ったら男で。あれって見つかったのかなぁ」

「連絡先とかわかりますか？」

「えっ、わかんないよ、そんなの。ここで見ただけだもん」

「そのとき配ってたビラは……」

「えー、すぐ捨てちゃった！」

すぐに処分されたというビラと一緒に、希望も消え失せた。

「ごめんねぇ、役に立てなくて」

急に逃げるように去って行く二人を、琹名は愛想《あいそ》笑《わら》いで見送る。

まだ配り始めたばかりだ。探し始めたばかり。カズヨを探し続けたシュウの十年の年月に比べれば、こんな時間はほんの一瞬に過ぎない。

あの日、額田のために……いや、自分のために駅に向かうと決めたこと、後悔はしていない。でも、あのときもっと上手《うま》く対応できたならと思う。すぐにカズヨに気づいていれば。一枚でも多く配ってしまおうなんて考えず、ビラを手元に残していれば。

シュウの連絡先を覚えていたら。最後に会ったあの日、うやむやに別れてしまう可能性もちゃんと考えていたなら。

やはり後悔なのかもしれない。小さなやり過ごしてしまった失敗は、数珠《じゅず》のように無数に連《つら》なる。

「よろしくお願いします！　お願いしますっ、人を探しています！」

無視して行き過ぎる人が大半だが、それでも長い間配っているとビラはなくなり、再びコピーして追加した。夕方になると冬らしく瞬《またた》く間に日は落ちて、気温もぐっと下がってくる。

「わぁ……」

ずっと人の流ればかりを見据《みす》えていた栞名は、顔を上げると寒さに身を震わせながらも感嘆《かんたん》の息をついた。

光だ。光が無数にある。大きな駅やその周辺は明るく、夜になればビルや車のライトが皓々《こうこう》と輝くのは当然だけれど、冬を彩《いろど》るイルミネーションがそこかしこで街の夜を飾っていた。

年の瀬らしい光景に目を瞠らせ、ついで今日が何日であったかを思い出す。

今日はクリスマスイブだ。恋人同士が語らい、家族が特別なご馳走《ちそう》を前に団欒《だんらん》のときを過ごし、翌朝には子供たちに待ちに待ったプレゼントをサンタクロースという名の両親が運んでくる日。

「なにやってんだ、おまえ」

紙の束《たば》を握り締めたまま、呆然と駅前広場の中心のクリスマスツリーの光を見つめていた栞名は、不意に視界を遮《さえぎ》られてびくりとなった。

「額田さん……」

背の高い大きな影がぬっと現われたかと思えば、黒いコートを着た額田だ。

「こんなところでなにやってる?」

「え、あ、ちょっと人探しを……額田さんこそ、どうしたんですか? 今日は遅くなるって言ってましたけど、もうお仕事終わったんですか?」

「ああ、もう帰っていいそうだ」

『親父、病院まで送り届けた』

どうやら以前のように組長はまたホテルで誰かと会っていたらしく、病院を外出しての会合が早々に終わって、額田はボディガードの役目から解放されたらしい。

『それから駅の店で、買い物』

むすりと突っ立っているだけの額田の心の声に、栞名は訝《いぶか》しんで手元を見下ろす。

「これって……」

手に提《さ》げているのは半透明の袋。中には白い大きな四角い箱が入っていた。額田だけでなく、今夜は通りすがる人々も同じような箱を携《たずさ》えている。

それは、今日の主役の一つ、クリスマスケーキだった。


「今時のケーキは家とかモミの木は載ってねぇんだな」

真っ白なホールケーキを前にした額田は、どことなく不服そうな声で言った。

夕飯はほとんどできあいの惣菜《そうざい》になってしまったけれど、そのおかげでクリスマスらしくローストチキンだった。惣菜でも某名が夕食に部屋を訪ねることに、額田は不満も疑問も覚えておらず、それどころかケーキまで駅の店で買ってくれた。

「おまえ、こういうの好きなんだろ?」と、いつものぶっきらぼうな調子で額田は言った。喜ばせようとしてくれているのはすぐに判った。前にもお詫《わ》びにはケーキを用意されたことといい、少し子供扱いされている気がしないでもないけれど。

「家ってなんです?」

「チョコレートの家とか、砂糖のサンタがケーキの上に載ってたろ」

「ああ、そういえば……昔はそういうのが普通だった気がします」

ケーキ屋のポスターやチラシで見かけたのは、確かにチョコレートの家や砂糖菓子のサンタクロース、それからプラスチックの食べられないモミの木が三種の神器《じんぎ》のように飾られたクリスマスケーキだった。

あまり直接目にした記憶はない。幼い頃から親戚の家を転々としていた栞名はどこにいても居候《いそうろう》で、子供のいる家庭でケーキが出てこようとそれは栞名のものではなかった。

母の買ってくれたケーキはどんなだっただろう。もう覚えていない。

久しぶりに自分のために用意されたクリスマスケーキを、栞名は子供に戻ったような澄んだ眼差しで見つめる。

昔と違うというケーキは真っ白で、薄く削《けず》られたホワイトチョコレートが側面《そくめん》にフリルのように幾重にもあしらわれている。まるでドレスをまとったみたいで可愛らしいケーキだ。雪原《せつげん》のような上面には、英語でメリークリスマスと書かれたプレート。それから今は灯《とも》した赤いロウソクが六本、ゆらゆらと揺れている。

電灯の明かりを消した額田の殺風景《さっぷうけい》な部屋は、それだけでいつもと違って感じられた。いつまでも眺めていたい気分だったけれど、細いロウソクはあっという間に溶けて短くなってくる。

「額田さん、これって、どうしたらいいんでしょう？」

「吹いて消せばいいんじゃねぇのか」

「どっちが？」

バースデイケーキであれば、誕生日の人の役目だ。でもクリスマスはどうするのだろう。つまらないこととはいえ、誕生日にもロウソクを吹いて消したりした覚えのない栞名はよく判らずまごつく。

「どうしてたっけな、施設じゃ誰かが吹いてたと思うんだが。子供がわんさといたしなぁ。ケーキがちゃんと食えるかどうかしか俺は頭になかったし」

額田もよく判らないらしい。身寄りのない子供たちの集まる施設で育った額田は、大勢で賑《にぎ》やかに過ごしたようだが、一般家庭のクリスマスと同じかといえば違う。ロウソクを吹き消す役目は回ってこず、枕元にそっとプレゼントを運ぶ両親もいない。

どこか自分に似ている気がした。

慣れないケーキを前に戸惑っている男を、栞名はじっと見つめる。揺れるロウソクの灯火《ともしび》が、野生動物のようにあまり表情を変えないその顔をオレンジ色に照らし出す。

何故だか見ているだけで温かくなった。小さなロウソクの炎なんてたいした熱量もないはずなのに、気に入りの毛布にでもすっぽりと身を包《くる》まれたみたいに。

栞名は自分が幸せそうな顔をしていることには気づかないまま、提案した。

「二人で消しましょう」

「え?」

「『せーの』で一緒に吹き消せばいいじゃないですか」

「あ、ああ、そうだな」

自然に零れた微笑みに、額田が頷く。

せーの。栞名が小さな掛け声をかけ、二人で同時に前のめりに息を吹き出した。

ふーっと互いが勢いよく発した息に、白いケーキの上の空気はつむじ風でも吹いたみたいに荒れる。

炎は大きく揺らいだ。一つ二つ。次々とロウソクは消えていく。肺活量の差か額田のほうが多く消したけれど、最後の一つを消したのは栞名だった。

共同作業を終えて顔を起こすと、目が合う。

どちらからともなく少し笑った。

窓明かりだけになった部屋は暗く、額田が立ち上がって電灯から下がった紐《ひも》を引いた。途端にぱあっとした眩《まばゆ》い白い光が部屋を隅々まで満たし、それだけでクリスマスが半分終わってしまったような寂しい気分に駆られる。

「食うか」

声に気を取り直して栞名は頷いた。

「はい」

ケーキナイフなんてものはなかったので、包丁で皿に取り分ける。口に入れたケーキは甘くて沁《し》みるように美味《おい》しい。きっと自分の心の声も額田に聞かれたなら、『美味しい、美味しい』

とシンプルに言っているに違いないと思った。

「二人じゃ多すぎましたね」

「残りは冷蔵庫に入れときゃいい」

「『本日中にお召し上がりください』って箱のシールに書かれてましたよ」

「一日過ぎたぐらいで腹下すもんか」

額田らしい言い草に、栞名は笑った。

なにも変わっていない。ちょっと特別なだけの元の日常。

ケーキを食べ終えた額田は、思い出したように言う。

「そういやおまえ、駅前の人探しってなんだったんだ?」

栞名のビラ配りが、気にかかっていたらしい。自分にも他人にも無頓着《むとんちゃく》な額田には珍しかった。

べつに隠しておきたい内容でもない。栞名は駅前でシュウに出会った経緯《けいい》と、彼の探していた人を見かけたにもかかわらず知らせ損《そこ》ねてしまい、気になっているのだと告げた。

「ふうん、十年も探し続けてる男か。敵じゃあるまいし、執念深《しゅうねんぶか》いな」

「執念って……真《ま》っ直《す》ぐな人なんですよ、きっと」

額田のあんまりな言い草に苦笑する。

「それでおまえも、その心の声の聞こえた男とやらに会ってみたいのか?」

「できれば……話をしてみたかったです。母以外では初めての同じ聞こえる人ですから」

「母？」

「はい、僕の母さんも聞こえる人でした。二人でいると無口になるくらいで……なにも言わなくてもお互い通じてると、話す必要がないんです。動物ってみんな傍《そば》にいても黙ってるじゃないですか？　いつもあんな感じで」

鳴き声をよくかけ合う動物もいるけれど、人間ほど会話でコミュニケーションを取る動物はいないだろう。

考えてみれば、あまり喋らない額田の側にいる時間にも似ている。

「なんかすごい話だな」

母について語ったのは、額田が初めてだ。信じられないと言いたげな反応をしつつも、否定する『声』は聞こえない。

「あんまりすごいとかいう実感はなかったんですけど。なにしろ僕も母さんも生まれつきこうで……でも、心のどこかで当たり前じゃないのは意識してたんでしょうね。母さんは……ずっと理由を探してました」

「理由？」

「自分たちだけ、心の声が聞こえてしまう訳です。母は誰かを助けるためだと言っていました。きっと神様にそうしろと命じられているのだと」

「なんか宗教がかってんな」

「……確かにそうですね。人ってたぶん自分自身の力で解決できないものに直面したとき、神《しん》仏《ぶつ》に縋《すが》ってしまうんだと思います。母はあまりにも多くの人の心を知り過ぎたんでしょうね。結局、救いきれないのを無力だと言って……心を病《や》んでしまって、自ら命を絶《た》ちました」

最後は空《から》っぽでふわふわしていた母。押《お》し潰《つぶ》されまいとする心が、どんどん荷物を捨てて行った結果かもしれない。

母との最悪の別れについて触れると、話が暗くなる。

『変わってんな』

額田の率直すぎる反応に、居たたまれなくて頭を垂れると、その後には意外な言葉が続いた。

『理由なんて探したってしょうがねぇのに』

「え……」

ふわりと引っ張られたみたいに顔を起こす。唇を動かして語ったわけではない額田は、変わらない眼差しで栞名をじっと見ていた。

「俺はな、子供の頃はシーソーが好きだった」

口を開いたと思えば、今度は唐突な話を始める。

「施設にな、狭いが運動場があって遊具《ゆうぐ》もいくつかあったんだ。俺はそん中でシーソーが一番好きだったんだが、みんなが俺と乗るのを嫌がるせいであんま楽しめなくなった。まぁ、俺はガキん頃から体はデカかったからな。俺が乗るとそっちが重すぎて動きづらくなる。それでみんなが嫌になったっていう」

普段口数の少ない額田にしては珍しい。一息に語られる子供時代。栞名は耳を傾けるも、話は不意に途切れてしまって要領を得ない。

「だから、そういうことだ」

言い切られてさらにきょとんとなる栞名に、額田は眉根を寄せた。

『なんだ？　まだ話が判らねぇのか？』

「シーソーは重い奴が乗ったら傾くだろ。そしたら、反対側の奴は浮き上がるし、バランスが悪いと動かなくなる。右が重けりゃ右に傾いて、左が重けりゃ左だ。だが、それに大層《たいそう》な意味なんかねぇし、考えるだけ無駄だろう？　聞こえる奴は聞こえる。おまえのその妙な力も、それだけでなにが悪い」

栞名は驚いた。一連のシーソー話は額田が自分を励《はげ》まそうと思い出したのだ。

「おまえも意味とやらを探してんだろう？　それでずっと俺に親切にしてたのか？」

「僕は……どうなんでしょうね。確かに前は母と同じことを思っていました。ミチルちゃんには、『幸福の王子』みたいだって言われましたよ。そんな立派なこと、結局なに一つできないままなのに。庭の草むしりしたくらいで」

ははっと、照れくさくなって笑う。街の広場でみんなを見守る銅像の王子のような宝石も金の箔《はく》もなく、変わった力はあっても上手く使えないままだ。

「不吉な話じゃねぇか。そんなの認めたのか？」

「認めてませんけど……不吉って、額田さん『幸福の王子』の最後を知ってるんですか？」

「そりゃあな。施設で年長になると、年少のガキに本の読み聞かせなんてのもやらされてたし。有名どころはひととおり覚えて……」

『そういや、あのビラ、妙な絵だった』

額田はふと思い立ったように告げた。

「おまえ、あのビラを見せてみろ」

「え？」

早くと急《せ》かして大きな手のひらをペロンと出され、栞名は額田の部屋の隅に置いたショルダーバッグから、数枚残ったビラを出す。

『やっぱり。ひでぇ似顔絵だ』

「おまえ、これ似てると思って描いてんのか？」

畳みかけるように連なる辛辣《しんらつ》な感想に、呆然となる。

シュウはビラにカズヨの写真を載せていたが、栞名は写真なんて持っていない。少しでも目立つようにと、代わりに似顔絵を添えた。結局いくら描いてもあまり似なかったので、矢印で注釈をいくつも添える羽目になった。

「しょうがねぇな」と額田は棚の引き出しからペンと紙を取り出すと、ビラを座卓に広げ、おもむろに絵を描き始めた。

「『鼻が高い』って描いてるのに、これじゃ全然じゃねぇか。『涼やかな目元』って、これは猫の目だろ。どうなってんだ、おまえの画力は」

「ど、どうって……え、絵はあんまり得意じゃなくて……」

ぐうの音《ね》も出ない。自分でも上手くないと判っていたものの、よもや額田にダメ出しをされるとはだ。しかも、驚いたことに、繊細《せんさい》な作業には向かなそうな男の手が、栞名が文で添えた顔の特徴を正確に描き出していく。

「額田さん、絵がお上手なんですね」

「……これも、ガキんときにやらされてたからな」

見たこともない子供時代の額田が、少しだけ窺《うかが》えた気がした。きっと無口であまり笑顔はなくて、今と変わらず自分の話は滅多にしない少年だったのだろう。

でも、本を読んだり絵を描いたり、一通りの任された役目はコツコツと真面目に果たす子供だったに違いない。

『……懐かしいな。絵を描くなんて』

ペンを走らせる額田の頭には、鮮明にその頃の記憶が蘇《よみがえ》っていた。昔を懐かしんでいる『声』が響き、なんとも言えない温かい気持ちに栞名は満たされた。

額田の中にだけ存在する記憶。親を知らず施設で育ったからといって、けして苦労ばかりではない。

『そういや、親父と最初に会ったのも、絵を描いてるときだった』

ふと、思い出したのだろう。

『「坊主、俺の絵も描いて見ろ」って、親父が……』

小さな運動場。片隅に置かれた遊具。誰も一緒に乗ってはくれないシーソーに、一人で座った少年。自らの体重に沈んだペンキの剝《は》げたシーソーの片側に腰を下ろした額田は、そのときスケッチブックを広げ、絵を描いていた。

足元に長い影が伸びたかと思うと、男が声をかけて来て——

はっとなったように、シュウの似顔絵を描く手を止め、額田がこっちを見た。

目が合う。

「あ……」

栞名は驚いた。ごつりと鈍《にぶ》い音が、部屋に響く。聞かれていると気づいた額田が、激しく額を座卓の縁に打ちつけた音だ。

「が、額田さん……」

「……悪《わり》ぃ、ちょっと頭打った」

自らぶつけておきながら言う。

『……いい、親父のことは考えるな』

彼のことだけは、栞名に知られまいとする強い意志。絵を描く作業に戻った額田は、驚くほどの集中力でそれを仕上げ、動揺も収まらないままの栞名にぴらりと紙をかざして見せた。

「ほら、できたぞ。どうだ、似てるか？」

にっと笑った男に、栞名はぎこちなく笑む。

赤くなった額に、ふと額田が手のひらで運んだツバメの亡骸《なきがら》のことを思い出した。

そういえば『幸福の王子』の鳥もツバメだった。南へ向かうことを止《や》めて王子に寄り添い、その足元に落ちて冷たくなっていった渡り鳥。

渡ることをやめた鳥はどうなるのだろう。

天命《てんめい》に背《そむ》いた鳥は、みんな死んでしまうのか。


「……そうですか。いえ、ありがとうございます」

面接に訪《たず》ねた会社の事務所を出る栞名《かんな》は、担当の男に頭を下げた。

今回は表面的に愛想《あいそ》で誤魔化《ごまか》そうとする担当者ではなかった。一応受付してはくれたものの、バイトは午前中に来た中年女性に決まりそうだと言う。なんでも介護中《かいごちゅう》の家族を抱《かか》え、生活が苦しくて大変なんだとか。人のよさそうな顔をした中年の男はすまなそうに告げる。

『年配の人は仕事もなかなか決まらないからね。この子は若いからすぐ決まるだろう』

背中に響いた『声』も受け止めながら、栞名はエレベーターに向かった。

そうは言っても、栞名もなかなか仕事は決まらない。正社員でなくてもいいから、まずはアルバイトから。高望みはしていないつもりだけれど、特にやりたい仕事というのがあるわけでもない。志望理由など訊かれようものなら言葉に詰まってしまいそうなところが駄目なのかもしれない。

『「聞こえない人」たちの手助けをしてほしいんだって』

母に教えられた人の役に立ちたいという気持ちは、なくなったわけではなかった。

心の声が聞こえなくとも、みんななにかしら人の役に立っている。多くの人は働くことで、社会の一員としての役目を担《にな》い、栞名もできればそうしたかった。

ビルを出て、いつもの駅の構内に入る。年が明けても変わらず賑《にぎ》やかな駅。松の内を過ぎ、正月休みを終えた人たちは日常に戻ったばかりで、まだどこか浮《うわ》ついた空気も残る。

一目で会社員と判《わか》るスーツの男性たちが、たくさん歩いていた。改札には見慣れた紺色の制服姿の駅員。案内所の女性は、駅に不慣れな利用客で伸びた列を前に、今日も忙しそうに応対している。

雑踏《ざっとう》の中を歩く栞名には、みんな目的を持ってきびきびと動いているように見えた。

チリンチリンと音が鳴る。コンコースの中央の改札付近はいつもどおり甘い匂いが漂《ただよ》っており、スタンドのパン屋の女性がベルを振っている。クロワッサンがまた焼き上がったようだ。

栞名は誘われてふらふらとそちらへ歩み寄った。午後三時を過ぎ、ちょうど小腹も減った時間だ。一番人気の甘いミニクロワッサンはおやつ代わりに買う人もいるのだろう。人だかりになっており、ぼんやりとできた列に並んだ栞名は、スタンドの傍《かたわ》らの柱に貼られた求人ポスターに目を留《と》めた。

『急募』と大きく書かれた下には、年齢性別不問とあり、示された時給も悪くない。

「あの、この募集なんですけど……」

自分の順番が回ってくると、栞名は目当てだったクロワッサンのことも忘れ、エプロン姿の店員に求人について尋ねた。客もちょうど途切れたところで、自分の後ろには誰もいない。

「アルバイトを募集してるんです。さっき貼ったばかりで」

「僕、バイトを探してるんです。詳しい話を聞かせてもらえますか？」

「ええ、もちろん！　店長を呼びますから、ちょっと待ってくださいね」

店員の女性は栞名の言葉に嬉しそうに目を輝かせた。大きくはないスタンドだが、中には内線電話も備《そな》えられていて、受話器を取るとすぐに誰かに繋《つな》がったようだ。

「店長、すぐに来るそうです」

電話を終えた彼女は、こちらを振り返り見るとニコニコと笑《え》んだ。

『こんなに早く興味持ってくれる人がいるなんて！　よかった！』

弾《はず》むほどの『声』を栞名は不思議に思う。

彼女もまた雇《やと》われの店員に過ぎないはずなのに、バイトの応募があるのがそんなに嬉しいのだろうか。

理由はすぐに聞こえてきた。急ぎでバイトが必要になったのは、彼女が今月いっぱいでやめたいと言い出したからで、責任を感じているのだ。

店に迷惑をかけたくなくとも、彼女には立ち仕事を続ける不安があった。

『仕事辞めたら無理しないで過ごさなきゃ。やっとできた赤ちゃんだもの』

栞名は瞠目《どうもく》する。

「そうなんですか！」

「え？」

年齢は三十前後くらいか。肩ほどの長さの髪を一つ結びにして働く快活《かいかつ》そうな彼女。コンコースを通れば、いつも明るく振る舞うその姿はクロワッサンの甘い匂いと共に目につき、そして栞名は笑顔の裏にある彼女の不妊の悩みを知っていた。

初めて話す彼女にもかかわらず、我が事のように嬉しくなってつい言葉にした。

「おめでとうございます」

最後にスキップをしたのはいつだろうなんて、帰りのバスの中で馬鹿なことを考えた。大人になれば、誰しもどんなに嬉しくともスキップなんてしないものだ。子供だって、現実には滅多《めった》にしない。でもそれを思い起こしてしまうほどに、栞名には久しぶりに明るいニュースの連《つら》なった一日だった。

パン屋の彼女の幸運を知っただけでなく、その後の店長との面接で、あっさりとバイトに受かったのだ。予備の履歴書《りれきしょ》を書いて持ち歩いていたのが幸いした。熱心に仕事を探している若者だと思ってもらえたらしい。

歯車さえ合えば、あんなにうまくいかなかったのが嘘のように物事は好転する。

――嬉しいときにはより幸せに。

心の声が聞けるのも、こんな日には素敵な神様の贈り物だと思える。

夕焼け空が、澄んだ空気の元では遠くまで美しく見渡せるように。

夕日に照らされた窓の外の赤い街並みを、栞名はうっとりと見つめて帰路《きろ》についた。

今日は額田《がくだ》も早く戻ると言っていたから、鍋にする予定だった。食材を買うためにスーパーに寄れば、アパートに着く頃にはもう外は日も落ちて暗くなってくる。

慌てて自室の狭いキッチンで下ごしらえを始め、白菜を中心に野菜をざくざくと大きめに切った。年明けから毎日冷え込んでおり、寒い夜は鍋に限る。額田が戻ったら、すぐに部屋に招いて火を入れるつもりで、栞名は急いで準備を整えた。

しかし、それから待てど暮らせど待ち人の帰宅の知らせはない。なにか悪いことでもあったのだろうかと、不安が膨《ふく》らむ。

「……あれ？」

二時間近くテレビを観《み》て時間を潰《つぶ》して待っていると、額田の部屋のほうでガタガタと物音がした。帰ったらノックをすると言っていたのに、ないままだ。

部屋を出て二〇三号室に向かう。ドアの小さなダイヤ型の磨《す》りガラス窓からは帰宅を示す明かりが漏れており、ノックをしたが出て来ない。古いアパートの天井からぶらんと下がった電球の下で、栞名はしばらく待ったものの様子は変わらず、諦めて部屋に戻れば携帯電話が鳴っていた。

額田からだ。

「額田さん！　どうしたんですか？　部屋にいるんですよね？」

しばらく間を置き、返事はぼそりと響いた。

『風邪ひいた』

「え……風邪？」

思いがけない返事に力が抜ける。

『……二、三日前から……どうもおかしいと思ってたんだが、急にきた』

「ひどい声です。熱があるんですか？」

『ああ……たぶんな』

「す、すぐそっちに行きます！」

額田の反応も待たず、部屋の前に舞い戻ってドアに飛びつく。引っ張るとノブは回ったが、引けずにガチャリと音が鳴った。

珍しい。鍵がかかっている。

『やめとけ、移るとやばい。こんなひでぇのは初めてだ』

「で、でも……」

『おまえが来てなんかできんのか？　風邪、治せんのかよ』

げほげほと苦しげな咳《せき》ばらいが、耳元とドアの向こうで遠く二重奏に鳴った。木製ドアを見つめる栞名は、中に入って病状を確かめられないもどかしさを覚えたものの、額田の言うとおりだ。

「治せませんけど……じゃ、じゃあ病院に行ってください」

微《かす》かな笑い声が電話越しに響く。

『はっ、おまえは病院が好きだなぁ。もう寝てるし、起きるのもだるい。熱は四十度もねぇだろうから、大丈夫だ』

「今、布団の中なんですか？」

『ああ、しんどいんでな。とにかく少し寝る』

「……判りました。でも病院は明日必ず行ってくださいね」

『治らなかったらな』

額田にしては素直な反応だ。大怪我を負《お》っても病院へは行きたがらなかった男にしてはやけに従順《じゅうじゅん》で、本当に行くつもりでいるのか怪しい。

でも、納得するしかない。明日から栞名はバイトで、病院に引っ張っては行けない。

「水分もちゃんと取ってください。熱は汗で脱水症状を起こしやすいですから。食事はどうしますか？　なにか少しでも口に入れたほうがいいと思うんですけど」

母親のようにあれこれと言う栞名に、額田は電話越しでも熱っぽさの伝わるような息遣いでふっとまた笑った。

『作るんなら、ドアんとこ置いといてくれ。起きたら食べる』

部屋に戻った栞名は、額田が目覚める頃を見計《みはか》らい、鍋に用意していた材料の残りとだし汁でおじやを作った。鍋は鶏《とり》の水炊《みずた》きだったのでちょうどよかった。

数時間経《た》ったからと言って起きるとは限らない。冷めても食べやすいよう水分を飛ばしておじやにしたけれど、扉をそっと叩いても反応がないとやっぱり心配になる。

ドアの前に一人用の土鍋の載ったトレーを置き、後ろ髪引かれる思いでその場を離れた。あまり夜更《よふ》かしもできない。朝七時半から夜八時まで販売のパン屋のスタンドのバイトは早番と遅番があり、早い日は家を出るのも冬はまだ暗い時間帯になる。

初日の朝は余裕を持って身支度を整えた。自室を出ると、額田の部屋の前にはトレーと土鍋が昨夜自分が置いたときと変わらぬ状態であり、『食べてはくれなかったのだ』と一目で思った。けれど、身を屈《かが》めてそっと蓋を開けてみれば中は空《から》になっていた。

いつの間にと思いつつ、ほっとする。

食欲があるなら大丈夫だろうと、安堵《あんど》してアパートを出る。こんな時間に駅に向かうのは初めてで、見上げた空にはまだ星が瞬《またた》いていた。下る坂道からは、明かりのついた家々も見受けられる。路地は静まり返っていたけれど、バス停には幾人《いくにん》かの乗客がおり、駅に着いてしまえばもうコンコースは行き交う人々の姿があった。

パン屋は駅の構内に広いショップがあり、その出張販売が中央改札前の小さなスタンドだ。朝から仕事を教えてくれることになったのは、昨日も話した女性店員だった。

さほど複雑な作業はない。基本はクロワッサンが中心のパンを笑顔で売ること。時々焼き立てがケースで運ばれてきて、ショーケースに並べる傍《かたわ》ら、あのベルを振って通りすがる人にアピールする。

午前中のピークはどうやら八時から九時の間で、それ以降は緩《ゆる》やかに客の数も減っていった。客が途切れれば途端に暇になる。

「難しいことはなにもないでしょう?」

ショーケースの向こうの、目の前なのにどこか遠い人の流れを栞名が見つめていると、揃《そろ》いの緑のエプロンで並んだ彼女が話しかけてきた。

「長時間の立ち仕事になるから、それがちょっときついんだけど、遅番の人が来たら休憩にも入れるから」

「はい、ありがとうございます。以前の工場も立ち仕事でしたから、慣れると思います」

「そう? じゃあ、よかった」

「僕、少しぐらいならもう一人でもできますけど、休憩取らなくて大丈夫ですか?」

「え?」

逆に休憩を勧《すす》める栞名に、彼女は不思議そうな顔になる。

『どういうこと? 気を使ってくれてるの?』

「えっと……今日は朝から仕事教えてもらったりしたんで、森野《もりの》さんのほうが疲れたんじゃないかと思って」

「大丈夫、そんなことないわよ」

『でも、彼は昨日も変なことを……』

彼女はにこりと笑ったが、疑問は燻《くすぶ》って聞こえた。

「栞名さん、そういえば昨日はどうして私にあんなことを言ったんですか?」

「えっ……」

「『おめでとうございます』って、急に言ったでしょう？」

「あれは……すみません、すごく変なことを言ってしまって……間違いだったらすみません。妊娠なさってるんだと思ったんです。それで、すごくおめでたいことだと思って」

栞名は正直に祝福したかっただけだと話した。

「どうしてそれを……何故《なぜ》判ったの？」

驚いた彼女の視線は自然にエプロンのお腹に落ちる。妊娠初期らしく、見た目にはまったく判らない細身の体型だ。

『まだ誰にも話してないのに』

「あっ、その……僕の親戚にも子供が生まれる人がいて、ちょうど慌てて仕事を辞めたところなんです。顔つきもどことなく似ている気がして」

苦しすぎる言い訳はかえって怪しまれるだけかと思ったけれど、じっと栞名を見つめた彼女はふっと表情を緩《ゆる》ませた。

「……そう、不思議ね」

『赤ちゃんができると母親の顔つきになるなんて言うけど、本当なのかしら！』

落ち着いた大人の顔とは裏腹に弾む心の声。自分の下手《へた》な言い訳を信じたというよりも、彼女は信じたいのだと気づいた。

「実は、ここだけの話ね、待望の赤ちゃんなの。だからすごく嬉しくて。でも、前に……ダメだったこともあるから、誰にも話さないでおこうって思ってて」

気恥ずかしさと、大きな喜びを前にしてもなお消せない過去の哀しみ。今度は曖昧《あいまい》に笑んだ彼女は、ショーケースの向こうを見つめた。訳もなく急にやめると言い出した形になってしまった彼女が、店で冷ややかな視線を浴びるようになったことも、栞名には伝わってきた。

「そうだったんですか」

コンコースを人が流れる。右から左に。あるいは左から右へと。無数に行き交いながらも、まるで磁石《じしゃく》が反発し合うようにぶつかることもなく歩んでいく。

誰も知らない。心の中の喜びも哀しみも、覗くことはできない。人は自《みずか》らを知ってほしいと願いながらもなお、心の奥底に真実を押し込め、秘密に変える奇妙な生き物。

「言いたいのに言えないって、結構しんどいのね。ちょっとホッとしちゃった」

彼女は栞名に笑いかける。

なにか手助けがほしいと望まれているわけではない。

ただ、知るだけ。それが誰かの小さな救いになることもある。今までは知ってしまったからにはなにかをしなければならないとずっと思い込んでいたけれど、こんな形もあるのだ。

親しくもない初対面の仲だからこそ、彼女にとって気楽なのかもしれない。

栞名も笑いかけ、もう一度告げた。

「おめでとうございます。赤ちゃん、元気に生まれるといいですね」


『疑うんなら、病院の薬でも見るか？』

耳元で響いた額田の声に、栞名は電話越しでは見えないのも忘れて首を横に振った。

「疑ってるわけじゃありません。でも、インフルエンザだったなんて……」

バイトを終えて帰宅すると、額田は部屋にいなかった。けれど、夜にはいつの間にかまた帰ってきていて、インフルエンザだったから部屋には入れられないと言われた。

会話は電話越しだ。病院には昼間行き、薬をもらったが熱はまだ続いているという。

「遅かったのはお仕事ですか？　インフルエンザなら休んだほうがいいんじゃないでしょうか？　組の方たちにも移ったら大変ですし」

『……そうだなぁ、しばらく休みくれって言うか』

くぐもる声は、まるで他人事《ひとごと》のように返ってきた。額田はもう布団に横になっているらしく、夕飯は昨日のようにドアの外に置いておくよう言われた。

カーペットの上で座った膝《ひざ》を抱え、栞名は携帯電話を耳に押し当てる。僅《わず》かな反応も聞き逃《きのが》すまいとするように、意識を集中させた電話から響いてきたのは、ふっと漏《も》れた微《かす》かな息づかいと、額田にしては柔らかな声だ。

『よかったな』

「え？」

『バイト、やっと見つかったんだろうが』

「あ、はい。しばらくは早番になりそうなんですけど、遅番のときは夕飯は作れないかもしれません。帰りが遅くなってしまうんで」

『そうか。いいさ、俺はコンビニで弁当でも買えばいい』

「額田さんは今までどうしてたんですか？　ずっとコンビニですか？」

　自分が引っ越してくる前の食事。額田の部屋のコンロは湯を沸《わ》かすぐらいにしか使われていなそうだった。

『ん？　メシか？　外で食うかコンビニか……ああ、牛丼もよく買って帰ってたっけな』

　今日は咳《せき》らしい咳はしていないが、眠たげでだるそうな声で額田は応《こた》える。

「この辺に牛丼屋なんてありましたっけ？」

『スーパーの近くに小さい弁当屋がある』

「弁当屋……そういえば、個人経営っぽいお店がありますね」

『味は普通だが、牛丼買うとサービスで卵をつけてくれんだ』

　額田からそんな生活臭のある話を聞く日が来るなんて、なんだかおかしい。栞名の唇は綻《ほころ》んだ。病気でさえなければ、電話も悪くないなんて思ってしまう。

今まで友人もろくにできなかった栞名は、誰かと電話で話をする習慣はなかった。回線を通じた音声では心の声は届かない。『声』は聴覚ではなく、もっとべつの嗅覚《きゅうかく》のような感覚器官で感じ取っているらしい。それが体のどこに存在するのか、栞名には見当もつかないけれど。

——心の声が聞こえないのはいい。

栞名はしみじみとそう思った。罪悪感も覚えずにすむし、聞こえない人たちと変わらない自分になれる。

普通に好きな人と話をして、普通に声を聞く。些細《ささい》な会話に胸を躍《おど》らせたり、温かくしたり、そんな自分になれる。

あまり電話を引き延ばしては体に障《さわ》ると思いつつも、額田の声を聞いていたくて栞名は耳を澄ませた。

「じゃあ、食事には困らないですね。あ、でも早番のうちは作らせてください。風邪が治ったら……会えないのは淋しいです」

『そうだな、俺も淋しい。冷えた飯ばかりじゃな』

「食事のことですか」

『なんだ、イジケてんのか？』

額田が笑いに漏らした息が、ふっと電話を撫でるように響く。

『まぁ風邪なんて、すぐに治るさ』

「そうですね。インフルエンザって言っても、薬ももらってきたんですもんね。一年も二年も会えなくなるってわけじゃないのに」

どこか自分を宥《なだ》めるように言っていることを、栞名は気づいていた。本音は今すぐにでも部屋に行きたい。けれど、風邪を引いて寝込んでいる額田にあまり無理は言えない。

強引に声のトーンを上向かせる。適当に相槌《あいづち》を打って寄越すかに思えた額田は、少しの間沈黙した。

無音の間。ほんの数秒でも、『答え』がないことに栞名は慣れていない。

みんな、こんな微かな不安と戸惑いを日々感じながら過ごしているのか。

「じゃあ……そろそろ電話切りますね。まだ熱があるのに、すみません……食事、あとでまた外に置いておきますから、ちゃんと食べてくださいね」

思い切るように、「おやすみなさい」と告げる。

『ああ、おやすみ、栞名』

名字でも珍しくちゃんと名を呼ばれたことにどきりとなった。電話を切ろうとして、栞名はなにか得体のしれない焦《あせ》りを感じ、衝動的に声をかけた。

「あのっ、額田さん……」

返事はない。

回線で繋がっただけの音は呆気《あっけ》なく途切れ、無機質な機械音が返ってくるのみになった。

カーテンの隙間から差し入る光は最初弱々しかったが、次第に明るさを増しながら部屋に伸びた。冬の冷気に身を縮《ちぢ》ませ、半分顔を布団に潜《もぐ》らせていた栞名も、はっとなったように目蓋《まぶた》を起こす。

朝だ。

びっくりして、がばりと身を起こした。久しぶりに朝日に染まった部屋を見た。バイトは早番が続いたため、起きるのも家を出るのも暗いうちだった。

今日は平日だけれど、初めての休日だ。栞名は胸を撫で下ろしつつ、もう一度ぬくぬくとした布団に潜り込み直したいところ、壁を見た。

起き抜けに額田の部屋のほうを見るのも日課になってしまった。

栞名に透視《とうし》能力なんてありはしないから、見てもくすんだ壁紙が目に映るだけだ。

額田が風邪で引《ひ》き籠《こ》もるようになってから、もう一週間になる。熱は最初の数日で下がったというけれど、『治り際《ぎわ》がもっとも人に移りやすい』と医者に注意されたと言って未だ部屋に入れてもらえないでいる。

『もう元気になってる。看病の必要もないのに、なにしに来る？　おまえ、バイトもやっとの思いで決まったくせして、わざわざ風邪を引きに来るつもりか？』

そう言われたら反論もできなかった。

でも、今日こそ顔を見るつもりだ。

手早く布団を片づけ、パジャマから普段着に着替えた栞名は部屋を出る。まだ九時にもなっていない。ちょっと早すぎるかもしれないと思いつつも、額田の部屋の前の食器だけでも片づけておこうと、いつものように夕飯のトレーが出たドアの前に歩み寄る。

食事は最初の数日以外は普通食だ。治ってきたのなら、精力をつけたほうがいいだろうと、昨日は煮込みハンバーグにした。卵と同じくらい、額田は肉も好きだ。

——喜んでくれてたらいいけど。

『美味い』と響く『声』が聞けないでいるのは残念だけれど、額田は風邪でも綺麗に平らげてくれるから作り甲斐《がい》はある。

しかし、今日はどことなくいつもと違う感じがした。

トレーの傍《そば》に立って、はっとなる。ラップをかけたご飯がそのまま残されていた。焦って隣の小ぶりの土鍋の蓋《ふた》を開けば、プラスチックの膜《まく》のように乾いたデミグラスソースに覆《おお》われたハンバーグは、作り物に見えた。

「どうして……」

手をつけた痕跡《こんせき》がまるでない。

鼓動《こどう》が高鳴る。反射的に引いたドアはガシャリと音を立て、栞名の侵入を阻《はば》んだ。

昨夜は電話で話はしていない。

帰って来ていないのか。それとも。

落ち着きなくドア前で視線を泳がせる栞名は、我に返って自分の部屋に戻った。すぐに電話をしてみたが、応答はない。体調が快復しての外泊ならいいけれど、最後に話したときの額田が空元気《からげんき》で、本当は病院にも行っていなかったのではと思うと気が気ではなくなる。

栞名は再び部屋を出て、階下へ向かった。

人の気配を感じないアパートはひどく静かだ。年末に戻ったミチルはもう学校に出た頃だろうし、退院した母親も仕事に復帰したと聞いている。

あまり意味はないと思いつつも窓から部屋の様子を窺《うかが》おうと外に出た栞名は、初めて人気《ひとけ》を感じ、隣の庭に大家《おおや》の姿を見つけた。

「大家さんっ！　おはようございます、あのっ……」

開口一番、また猫のことを言われるかもしれないが、今は臆《おく》している場合ではない。

「あんた、なんだい朝早くから大きな声出して」

身を屈《かが》めて植木の手入れをしていた老婦人は、『よっこらせ』と真っ直《ます》ぐには伸びない背筋を起こす。額田の所在《しょざい》は知る由《よし》もなかったけれど、事情を説明すると『部屋を確認すっかね』と面倒臭そうにしながらも大家は自宅に合鍵を取りに行った。

少し待ったのち、連れ立ってアパートの二階の部屋の前に戻る。

「額田さん！　額田さん！　あんた、いないのかね！」

無遠慮にドンドンと叩かれ、嵌《はま》ったダイヤ型の磨りガラスが振動《しんどう》にビリビリと震えた。やはり応答はなかったものの、大家が合鍵を使えば扉は呆気《あっけ》なく開く。

「額田さん、すみません。部屋、入らせてもらいます……」

遠慮がちに上がって進んだ奥の部屋は、布団が窓際にきちんと畳み置かれており、心配していた『風邪をこじらせて倒れた男』の姿はなかった。それどころか、いつも衣類などが雑然と積まれていた部屋の隅もすっきりとしている。

広いとは言《い》い難《がた》い部屋の一角には、代わりに見慣れないものが置かれていた。

大きなダンボール箱だ。

「なんだい、もう引っ越しの準備でもしているのかね」

「……引っ越し？」

栞名は、知らない単語でも聞いたかのように繰り返す。

「まだ先の話だと聞いてたんだけどねぇ」

驚いた様子もなく、この機会とばかりに隅々まで部屋を見回してチェックする大家を前に、栞名は呆然とその場に立ち尽くした。

「なんだい、あんた食事の世話までさせられて、聞いてないのかい？　まさか、長年住ませてやった私にまで一言の挨拶もなく出て行くつもりだったんじゃないだろうね」

軽く浮いたダンボールの蓋《ふた》を指先で捲《めく》るように開き、中を勝手に覗き込みながら大家は言う。

「そういや、あの黒猫はあの人の猫だったんだってね。あんた、身代わりでもさせられてたのかい？」

「えっ、身代わりって……」

「まったく、猫なんてガラじゃないだろうにねぇ。おまけに人のせいにしようとしてたってんだから、呆れたもんだよ」

『これだからヤクザもんは』

苦々《にがにが》しい感情は声でも『声』でも伝わってくる。栞名はろくに反応もできずに、カーテンの開け放たれた窓から部屋を満たす朝日に包まれていた。


額田は引っ越しついでに『猫を連れて行く』と嘘をついたのだろうか。

自分には知られまいと嘘をつき、密かに引っ越しの準備を始めたのか。

老婦人と共に部屋を後にして自室に戻った栞名は、鳴らない携帯電話を置いたテーブルを前にカーペットに正座した。

大家が引っ越しの連絡を受けたのは一週間くらい前だという。直接ではなく電話だったそうだけれど、自分には風邪でひどい高熱だと言い始めた頃だ。

額田は引っ越しを思い立ち、自分に会わないようにしたのかもしれない。会えばすぐに伝わる。今も普通の人よりは心まで寡黙《かもく》な額田とはいえ、以前に比べればずっと感情も豊かになり、饒舌《じょうぜつ》になった。

相談してくれるどころか秘密にしたのは、やはり自分には引き留めたり追いかけたりしてほしくないからだろうか。

でも、『風邪を引く』以前の額田は普通だった。年末年始は組の縁起担《えんぎかつ》ぎの行事がいくつもあるとかで、元旦から出かけてばかりだったけれど、三日は栞名が誘って近所の神社に二人で初詣《はつもうで》に行った。

元旦だって誰も見向きもしそうにない、木々に囲まれた小さな神社だ。賽銭箱《さいせんばこ》に乗った落ち葉を払い、栞名は奮発《ふんぱつ》したつもりで百円を入れ、隣で金額は判らないがいくらかを投げ入れた額田と一緒に手を合わせた。

栞名は額田の幸せと、シュウとカズヨの再会と、バイトが決まるようにと祈った。

それから、みんなが幸せになりますようにと。漠然《ばくぜん》と多くの人々の幸福を願う栞名の祈りはいつもどおり長くなり、その隣で額田は短すぎる願い事をした。

『元気ならいい、親父が』

大きな手を合わせる額田が、理不尽な命令を受けながらもなお、恩人と言い切る老人を大切に思っているのが判った。

そして、額田が念じたもう一つの願い。

『あと、こいつも』

自分の身を案じてくれることに、胸が苦しくなった。

嬉しかった。

嬉しすぎて苦しいなんて栞名は初めてで、アパートへ戻るまでの道程《みちのり》は、きっと変な顔をしていたと思う。空気は冷たかったけれど、晴れた空が綺麗だった。西のほうがもうちょっとで夕焼け色に染まろうとしていた。初売りを迎えて開いていたスーパーで食材を買って帰ろうとすると、額田が『弁当でいい』と言った。

正月からコンビニ弁当なんてと思ったけれど、なにも言えなかった。額田の考えが伝わってきたからだ。部屋に戻ると、栞名が身構えたとおりにまた体に触ったりキスされたりした。

額田はまるで犬猫みたいに自分を可愛がる。違いすぎて、どう扱っていいか判らない生き物のように。でも大事にされているのが伝わってくるから、触れ合う時間は栞名にとっていつの間にか好きな時間になっていた。

——でも。

それも知らないうちに負担に思われていたのだろうか。どんなに心が近づいたように見えても、栞名の前から人が遠ざかることは度々《たびたび》あった。

『今年は家族水入らずに戻りますように』

昔、居候していた親戚家族と一緒に初詣に行った際に聞こえてきた願い。幼くして母をなくした栞名を、可哀想にと最初は優しく歓迎してくれた夫婦だった。

他人の情に胡坐《あぐら》をかいてはいけない。

人は変わる。

「……額田さん」

どれほど考え込んでいたのか。一日は始まったばかりだというのに、陰った部屋は少し暗くなった気がした。昼が近づき、太陽が天頂に向けて上ってしまったせいだ。

壁越しの冷気だけが寒々しく部屋を満たす。

いつまでもこうしていても仕方がないと、栞名は立ち上がった。

昼ご飯でも買いに行き、気持ちを整理しよう。そう思いながらものろのろとした動きになり、テーブルの上の携帯電話をコートのポケットに突っ込んで出かけるだけのことに、また随分時間を費《つい》やした。

階段を下りていると、ガタガタと音がしてはっとなる。音はステンドグラスのついた玄関ドアではなく、脇のスライドの窓だった。

上部が開けられており、飛びついた黒い塊《かたまり》が『よっ』と声でも立てそうな調子で入って来る。

「……メイ」

またしても脱走して散歩……いや、近所のパトロールをやっていたのか。

「ダメだろ、メイ。また大家さんに見られたらどうするんだよ」

半月ほど預かった黒猫は、すっかり餌《えさ》を出すパトロンの一人として栞名を認識しており、懐《なつ》いた仕草で足元に身を摺《す》り寄《よ》せる。

猫のせいではないが、急に気が抜けた。その場にすとんと腰を落とし、栞名は階段に座り込む。

「……そっか、今はまだ見られても平気なのかな。額田さんが連れて行くことになってるなら」

額田がいなくなるまでは、アパートに猫がいても不自然ではない。

自分の考えに自分で落ち込み、膝頭《ひざがしら》に顔を埋《うず》めた。

やっぱり信じられない。額田が黙っていなくなるつもりでいるなんて――――それが、自分に愛想《あいそ》を尽かしたからかもしれないなんて、信じたくもない。

「……本当なのかな」

くぐもる声で呟いたところで、誰も答えてくれやしない。すべてをお見通しのはずの神様だって、幼い頃から一度として自分の疑問に答えてはくれなかった。

底なし沼にでも足を取られたようだ。心がずぶずぶと沈んで行く。パシンと叱咤《しった》するようにジーンズの脛《すね》に触れた感触に、栞名は驚いて顔を起こした。

なにかと思えば猫のしっぽだった。黒猫の丸い緑色の眸《ひとみ》が、じっとこっちを見ている。

心になにか放られたみたいに、波紋が広がる。

動物の感情を知るときはいつも、言葉もなく直接的だ。まるで自らの感情のように、その想いが胸に収まる。今はぽっと小さな明かりでも灯《とも》されたかのようだ。

「……メイ、もしかして慰めてくれているのか？」

もちろん返事はない。

メイはただ、パシパシと栞名の足を何度も叩いた。


クロワッサンの並んだショーケースの向こうを今日も人が流れていく。

静けさと無縁の世界。駅の絶え間ないざわめき、人の声。けれど、行き交う人々は誰もが互いに干渉しない。干渉できない。どれほどたくさんの人間がいても、人は一つ一つの点でしかない。

白い画用紙を黒い点で埋《う》め尽《つ》くす。小さな点を無数に打ち、並べ、重ね、隅から隅まで埋めて境界のない黒一色に染め上げても、それぞれの点は干渉することなく存在する。まるで一枚一枚、異なるレイヤーを無限に重ね合わせているかのように。どんなに近くに感じても、心は結合することはない。

一つ一つが、宇宙にぽっかりと浮いた星のように孤独だ。

小さな星、大きな星。赤くて青くて、白く眩《まぶ》しくて。けれど、たとえ銀河のように多くの星を従《したが》え重厚《じゅうこう》な輝きを放《はな》っても、近づいてみればみんなぽつんと一人きりで浮かぶ淋《さみ》しい星たち。

栞名《かんな》は無表情に前を見ていた。

寝ぼけたような目蓋《まぶた》の重い目をして、ショーケースの向こうを流れる人々の心を聞いていた。

ぼんやりしているとき、人の心の声は遠退《とおの》き、大抵聞こえなくなる。話をしていても、上《うわ》の空《そら》では会話を聞《き》き逃《のが》してしまうように。

けれど、栞名には逆に多くの『声』を感じる瞬間もあった。目の前やその向こうに多数の人間がいるにもかかわらず、それぞれの発する『声』が独立して明瞭《めいりょう》に聞こえる。放心し空《から》っぽになった自分の心に流れ込んでくる。

楽しいね。哀しいね。昨日はどんな一日だったの。

これから、どこへ行くの――

「栞名くん?」

脇からかけられた声に、一度では気づかなかった。

「栞名くん?」

二度目の女性の声に、ようやく我に返って隣を見る。

「森野《もりの》さん……どうしました?」

「どうしましたって、栞名くんがぼうっとしてるから、こっちが気になったのよ。どうしたのかなって」

今日も揃《そろ》いの緑のエプロン姿で並び立った彼女は、栞名の鈍《にぶ》い反応に訝《いぶか》る表情だ。

「あっ、すみません。仕事中に……僕、ボケっとしてましたね」

「いいのよ、どうせ今暇なんだし。ただ、具合でも悪いんじゃないかって。大丈夫？」

「あ……大丈夫です。僕は大丈夫なんですけど、インフルエンザの……友達がいて、ちょっと……」

額田《がくた》を『友達』と呼ぶのは変な気がするけれど、咄嗟《とっさ》にそう告げた。

一昨日《おととい》の休日、結局額田は帰って来ないままだった。昨日もバイトから戻ってすぐに確かめたけれど、たぶん一度も部屋に帰宅してはいない。今夜もそうなる予感がした。

三日以上も額田は部屋に戻っていないことになる。逃げるように引っ越しをする予定だったとしても、急に帰らなくなるのはおかしい。

そもそも、額田は逃げるような人間なのか。

自分の存在が煩《わずら》わしくなったのなら、はっきりと告げるほうが額田らしいと栞名は思った。心の声を聞かれることにも、最初からほとんど躊躇《ためら》いもしなかった男だ。

親父と呼ぶ組長について以外では――

部屋に戻らないだけでなく、携帯も通じない。電話をかけると鳴っていたコール音も、昨日の晩から鳴らなくなり、『電波が通じないか、電源が切られている』とのお決まりの案内音声に変わった。

「そうなの、インフルだと心配ね。お友達は一人暮らしなの？」

話を濁《にご》した栞名に、彼女はまさか『インフルエンザのはずが行方不明』なんて考えるはずもなく、心配げに問う。

「えっ、あ、そうです。一人暮らしで」

「今日は早めに帰って見舞ってあげたら？」

「えっ、帰るって」

「こっちは今三人もいるし、栞名くん早番でしょう。ちょっとぐらい早く帰っても大丈夫だから。川辺《かわべ》さんがお昼休憩から戻ってきたら、私から相談してあげる」

確かに、栞名も仕事に慣れ、元々二人で回すスタンドの販売店は労働力を持て余しがちになっている。

彼女は微笑《ほほえ》んだ。

「あ、でも、くれぐれも移らないようにね。なにか必要なものでも買って行ってあげたら、お友達喜ぶんじゃない？」

いつもの早番の仕事終わりより、一時間ほど早い三時過ぎに栞名は職場の駅を後にした。

勧《すす》めてくれた彼女には悪いけれど、行く先はお見舞いではない。アパートで待っても額田がいつ戻るかは判らず、かといって具体的な行く先の見当がつくわけでもない。

仕事についてはなるべく詮索《せんさく》しないようにしてきた。額田の『声』から窺《うかが》い知ることもあったけれど、栞名は敢《あ》えて追及せず、具体的な場所や日時を知るのを避けた。

座卓《ざたく》に頭を打ちつけて気を逸《そ》らすほど、額田が嫌がっていたからだ。

でも、それが裏目に出たのかもしれない。

いざとなっても、居所《いどころ》さえ判らない現実。こんなことなら、どんなに嫌がられてももっと額田の仕事について聞いておけばよかったと思う。

「あなた、どなたか待ってるの？　お見舞い？」

入院病棟の廊下の長椅子に長い間座っている栞名に、通りがかった看護師が怪訝《けげん》そうに声をかけてきた。

栞名が仕事を終えた足で向かったのは、組長の入院していた総合病院だ。なにか情報を得られるとすれば、ここしかないと思った。

退院はしておらず、どうやら特別室をほとんどホテルのように占拠《せんきょ》して住み着いているらしい。すぐにでもまた会って、額田の居所を聞き出せるかと思ったのだけれど、昼寝でもしているのか、一向に病室から出て来ず、さり気なく近づくタイミングがない。

顔を伏せがちにした男が、後ろめたそうに長い間廊下に陣取《じんど》っていては、不審に思われるのも当然だ。

栞名は人畜無害《じんちくむがい》な子供を装《よそお》う。

「パパを待ってるんです。仕事が終わったら、一緒にお爺《じい》ちゃんのお見舞い行こうねって言われて」

「そうなの。お父さん、早く来てくれるといいわねぇ」

あっさりと信じた看護師は、栞名を励《はげ》ましつつ職務に戻っていく。

すっかり未成年の振りが身についてしまった。少々幼く振る舞うだけで、特に大げさに演じているわけでもないのに通じるところが、あまり喜べないけれど。

口実をつけてでも、病室に飛び込むしかないのではと思い始めた頃だ。エレベーターホールが急に騒がしくなった。出てきたのはたったの二人だというのに、大きな声が騒々《そうぞう》しい。

片方はスーツを着ているが、見るからに柄《がら》の悪い若い男たちは、奥の特別室の関係者に違いない。

「一服してから行こうや」

見舞いを後回しに、喫煙所に向かう二人の後に栞名は続いた。

「しかしなぁ、あいつもバカじゃねえの」

「なにが?」

「額田だよ、額田」

突然飛び出した名に、好都合とはいえドキリとなった。

「あんな目に遭《あ》うぐれぇなら、さっさとおやっさんの言うこと聞いて、お役目果たしてムショにぶち込まれたほうが楽だろうによ～」

「あいつ、死ぬかもな」

「こ、怖《こえ》ぇこと言うなよ」

「そうか？　俺は死んでくれたほうがいいな。あいつなに考えてるか判んねぇ。生きてたら組に報復してくるかもしれねぇし」

「こ、怖ぇこと言うなよ～」

「どっちも怖ぇのか、おまえは根性ねぇな」

ガハハ、と男たちは笑ったが、その僅《わず》か数メートル後ろを歩く栞名は表情を一変させていた。

いくつかの情報が、会話の間にもキーワードのように『声』となって響いた。

埠頭《ふとう》、倉庫――監禁。

栞名はダッフルコートのフードをそっと被《かぶ》り、あまり賢《かしこ》くはない子供のように、また無邪気を装って声をかけた。

「埠頭って、なにがあるんですかぁ？」

組員の男たちから栞名が聞き取った場所は、埠頭の倉庫街だった。童顔を生かして情報を得たのち、飛び出すように病院を出たものの、電車やバスで行ける場所ではなかった。

「坊や、本当にここで降りるのかい？」

目立たぬよう、倉庫街の外れでタクシーを降りる栞名に、年老いたドライバーの男は孫でも見送るように心配げだ。

「ありがとうございます。兄が倉庫で働いてるんです」

栞名はにこやかな作り声で、なんの不安も迷いもない素振《そぶ》りで歩き出す。額田と出会ってから、自分は変わった。以前は自分が臆病《おくびょう》な人間であるかどうかも判らないほどに、波も風もない平凡な毎日だったけれど、守りたいと思う人ができた。

誰の願いでもなく、ただ自分のためにそうしたいと思える人——額田のためなら、嘘も言えた。

川縁《かわべり》に出るとビュッと強い風が吹き抜ける。栞名の家の傍《そば》から続く川だが、もう流れは海に等しく広大な川幅《かわはば》だ。今にも闇に沈みそうにうねっている。

太陽は巨大倉庫の一群の向こうへと沈み、空は一面の青藍《せいらん》と橙《だいだい》がせめぎ合う色をしていた。

対岸に光の粒が並ぶ。客船ターミナルなどの人の集まる港湾施設はみな向こう岸に位置しており、栞名の歩く先は日暮れにはもう廃墟街にでもなったかのような淋しい景色が広がる。

人影どころか、車の姿すらない。コートの前を搔《か》き合《あ》わせるのも忘れ、寒風《かんぷう》の吹《ふ》き荒《すさ》ぶアスファルトの道を急ぐ。栞名は次第に小走りになり、目指す倉庫を探して走った。弾《はず》む体に合わせて街灯の光が揺れた。辺りが暗くなってきた証拠だ。暗がりは不安を募《つの》らせる。

周囲に埋没《まいぼつ》した中規模の建物。緑色の屋根、壁にはペンキの剝《は》げかけた今は廃業した運送会社の名前。やっとの思いで見つけ出した空倉庫は、組員が『声』で伝えたイメージどおりに存在していた。

手前に駐車場があったが、ひび割れたアスファルトのスペースに車はなく、人気《ひとけ》もない。様子を窺《うかが》って覗いた建物の窓の向こうも暗く、栞名は無人としか思えない倉庫の簡素なドアをそろりと引いた。

鍵もかかっておらず、侵入を阻《はば》むものはなかった。監禁なんて不穏な言葉を聞いたけれど、本当にこんな場所に額田が閉じ込められているのかと疑う。もう遠くへ逃げるなり、立ち去った後ではないのか。

ほとんどなにもない、がらんと広がる空間。周辺の企業の巨大な倉庫に比べれば小さく、学校の体育館ほどの広さもない。暗がりには屋根を支えるための無骨《ぶこつ》な鉄骨の柱が、床に刺した針のように等間隔《とうかんかく》に並んでおり、目を凝《こ》らして見回す栞名は、その一つの根元に不自然な影を見つけた。

中央に近い柱の前に、黒い塊《かたまり》がある。

「………額田さん？」

呼びかけながらも、本当に額田だと思っていたわけではなかった。

影がざわりと蠢《うごめ》く。歩み寄って確認しようとした栞名は身を硬直させた。

「……………ぐ……ぁ」

獣《けもの》じみた呻《うめ》きを漏らした黒い塊は、コンクリートの床上に伸びて這《は》いずり、人のようなものから人になった。それでも、栞名には額田であることが受け入れられなかった。

「額田さん？」

『…………かんな？』

『声』だけが、すっと響いた。

風もない屋内で、冷たい衝撃がざっと体を駆け抜ける。全身が総毛立《そうけだ》つ。もしも栞名に身を覆う被毛《ひもう》があったなら、間違いなく頭から足の先まで逆立《さかだ》てて膨《ふく》らませていた。

「額田さんっっ‼」

衝《つ》かれたように発した声は、倉庫に反響する。駆け寄った先で男は突っ伏した身を捩《よじ》り、どうにかこちらを見ようと、床に同化させた顔を起こした。ガラス窓から弱々しく射し入る街灯の明かりが、その異様な姿を闇に浮かび上がらせる。

栞名の知る額田ではなかった。精悍《せいかん》だった顔は見る影もない。開かないほどに腫《ふく》れ上《あ》がった両の目蓋。目鼻は膨張《ぼうちょう》した顔に埋もれ、赤黒く乾いた血がそこかしこにこびりついている。這いずるしかできないのは、後ろ手に両腕が括《くく》られているからだ。

栞名は崩《くず》れ落《お》ちるようにその場に腰を落とした。

「どうしてこんな……こんな……ひどい……」

『栞名、どうしてここに……』

「あの人がやったんですかっ？　あの人たちが、あなたをこんな目にっ……」

『栞名、どうしてここに来た？』

「なんでっ……なんでっ？　なんでっ、仲間なのに、こんな酷《ひど》いことをっ！」

「……が、……なっ、栞…名っ……」

噎《む》せて口内から血を吐き、額田は声を絞《しぼ》り出《だ》した。

『栞名っ！　どうしてここへ来た、答えろっ！』

ぎりぎりと軋《きし》むその心の叫びに、栞名はようやくまともに応《こた》えた。

「……組の人たちが、病院で喋《しゃべ》ってるのを聞いたんですっ。あなたのこと、ここに監禁してるって……バカな真似をしたって言ってました。あの人の、命令にまた背《そむ》いた……そうなんですね？」

『そうだ。もう一度、友陣会《ゆうじんかい》の幹部を狙えと』

「どうして僕には教えてくれなかったんですか？　インフルエンザなんて嘘だ。全部、嘘っぱちで、僕を部屋に入れないための口実だったんでしょうっ？　ずっと前からこんな目に……」

栞名は『声』を聞いた。

十日ほど前、二度目の命令を拒否した瞬間からそれは始まった。額田は逃げもせず、けれど受け入れもせず。飼い犬のように死ぬまで忠義を尽くすはずだった男の裏切りは、強い怒りと憎しみを生んでその身に返った。

風邪だなんて嘘を言ったのは、ただ心の声を聞かれたくなかったからではない。見られたくなかったからだ。額田は、怪我を負《お》った姿を。

『……栞名。俺さえ、遠くに行ってしまえば……』

響く『声』を遮《さえぎ》るように、突然男は呻《うめ》きとも悲鳴ともつかない叫びを上げ、俯《うつぶ》せた身を起こした。折れているらしい足を引き摺《ひず》り、激痛にのたうつ『声』で感情や思考さえもねじ伏せる。

「がっ、額田さんっ、なにしてっ!!」

咄嗟に身を乗り出して支えようとした手を、裂けた黒いスーツの肩を捩って払い落とし、額田は栞名を睨《にら》み据《す》えた。

腫れた目蓋の僅かな隙間に、その黒い眸《ひとみ》が覗く。微《かす》かでも強い残光のように。

「……えが」

「え……？」

「おまえが、目障《めざわ》り……だった、からだ」

赤黒い唇の端で男は笑った。

「せっかく……引っ越ししようと、思ったのに」

「額田さん……」

「ちょっと優しく……してやってやりゃ、調子に乗りやがって。気味が……悪いんだよ、おまえ…っ……気持ち悪《わり》ぃんだっ！」

「がく……」

「バケモンが」

琹名は口を半開きにして、身を竦《すく》ませた。

言葉はどんなナイフよりも深く体を抉《えぐ》る。抜けることなく残り続ける刃《やいば》は、時折胸の中でガシャガシャと不快に鳴って、無数のその存在を知らしめる。

「……失《う》せろっ、とっとと……俺の、前から」

琹名は動かなかった。床に膝立ちしたまま。街を見下ろす台座に立たされた銅像のように身じろぎもせず、ただ見開かせたままの左右の眸から、鈍く光るものだけをぽろぽろと零《こぼ》した。

「はっ、ガキが……泣くほどショックなら、さっさと失せろ……」

「違います」

琹名は否定した。

「あなたが嘘ばかりついてるからです。僕のために……僕なんかを庇《かば》おうとして、自分を犠牲にしようとしているから」

必死で、自分を遠ざけようとする額田の『声』が聞こえる。自分を懸命に守ろうとする男の心の声。

『逃げろ。栞名、逃げろ』

何度も繰り返される『声』。いくら額田が嘘をつこうとしても栞名には判ってしまう。

「……くそっ、くそっ」

額田の心は、思い通りにならないことに咆哮《ほうこう》のような悲痛な叫びを上げた。

彼の優しさが判る。彼の苦しみが。どれほどに自分の身を案じてくれているか。どれほど
――。

「だから、おまえなんか面倒くせんだっ！」

「……ごめんなさい。額田さん、ごめんなさいっ、でも、言うとおりにはできません……僕はっ……」

栞名は息を飲んだ。

二人の声だけが響いていた倉庫に、異質な音が割り入ってくる。車のエンジン音がしたかと思うと、表の駐車場に停車し始めた。

「栞名っ、行けっ！」

「行けません！　あなたを置いてなんてっ！」

「バカ、おまえがいてなんになる。さっさと逃げろっ……頼むから、栞名っ！」

「額田さん……」

逃げたくない。今は聞きたくないのに、額田の心が迫《せま》ってくる。

何物にも代えがたいほどに切迫した思い。

『逃げるんだ、栞名。遠くへ。ずっと遠くへ。おまえはこんなところにいちゃいけない。無事じゃなきゃいけない。おまえは、そのままでいてくれなきゃならないんだ。でなきゃ、俺はなんのために……』

栞名は周囲を見回した。出て行くには時間も足りないけれど、壁際に大きな板のような運搬用のパレットが高く積まれている。

とりあえず身を隠すことにした栞名が走り込んだのと、男たちが騒がしい声を上げながらドアを開けて入ってきたのは、ほぼ同時だった。

「明かりを点《つ》けておけと言ったのはどうした?」

老人の声がした。入院中の病院から出てきたのか。ざりざりとコンクリートの床の砂埃《すなぼこり》を踏みしめるような音が響く。車椅子の車輪の音だ。

「申し訳ありません。それが、電気の契約が切れておりまして、よそから引いて来るには少々……配線の知識が足りてないといいますか」

「少々じゃなくて、全然だろうが。ボンクラが」

フンと車椅子の老人は鼻で笑っただけだったが、付き添う男たちが一気に委縮《いしゅく》したのは判った。無駄口を叩くどころか、爆弾の起爆装置にでも触れまいとするように、シンと静まり返る。

「もういい、おまえら車に戻っていろ」

「で、ですが……」

「くたばりかけの犬になにができる。随分、派手にやったもんだ」

積まれた巨大なすのこのようなパレットの隙間から、栞名はそろりと様子を覗く。男たちがぞろぞろと出て行き、老人は座った車椅子を蹲《うずくま》る額田の前へ寄せた。

「おい、起きているか？」

手にした杖《つえ》の先で乱暴に脇腹の辺りを突かれ、額田が身を丸めて呻く。

「なんだ、喋れねぇのか？　声帯でも潰《つぶ》されたか？　まぁた派手にやられたもんだなぁ。こりゃなんだ、足が折れてんじゃねぇのか」

つっと今度は足のほうを杖で辿《たど》りながら、老人は溜め息をついた。

「最近の奴は、リンチと躾《しつけ》の区別もつかないバカばかりだから困る。一から十まで教えてやらねぇと、なんもできねぇ。この足でどうやって向島《むこうじま》の奴を殺《や》りに行ける」

「……親父…っ」

「まぁ、同じことか。どうせおまえはもう従う気はないんだろう？　昔から変なところで頑固《がんこ》な奴だったからな。こうと決めたら周りがどう言おうが、常識も己《おのれ》の利益も関係なく突っ走る。だがなぁ、額田、おまえを一人前の立派な犬に躾《しつ》けてやったのは誰だ？」

老人は車椅子の上で身を乗り出し、飴玉《あめだま》でも放るように急に声色を和《やわ》らげる。

「そういや、ここんとこ忙しくて、おまえには褒美《ほうび》らしい褒美も与えてなかったなぁ。褒美っていやぁ、金と女だが……すべてが片づいたら、本当に養子縁組をするってのはどうだ。本物の親子だ。組の跡目にだってなれる。みんな焦るだろうな、あいつらのうろたえる顔が見られるのは愉快だ」

「……親父」

「なんだ？　乗り気になったか？」

「……親父、俺はもう……人間になりてぇ」

パレットの隙間から一部始終を見つめる琹名は、目を瞠《みは》らせた。

コンクリートの上で元の黒い塊のように丸まった額田は、本気の願いを口にした。ただ人間になりたい、普通に生きたいと、そう望んでいた。

「……なんだって？　人間になりたい？　カタギになりてぇってことか？　はっ、笑わせるな！　犬にも人間にもしてやったのはこの俺だろうがっ！」

「……うぐ……ぁっ」

高く振り上げた杖を、老人は忌々《いまいま》しげに振り下ろす。和らいだ声は一瞬にして憎悪《ぞうお》を纏《まと》った。

『この、恩知らずがっ！』

「なぁ、知ってるか？　貝は口を開けたらおしめぇだ。死んだらぽっかり口開けて、食えやしねぇ。おまえはっ、どうだろうなぁっ、学《まな》ぶっ！」

激昂するままに、何度でも杖で打ち据える。

「半開きになるヤツっ、目ん玉みてぇな管《くだ》や足をダランと伸びきらせるヤツっ！　口を開けずに、腹閉じて砂を溜め込むヤツもいる。どれなんだ、おまえはっ？」

暴力が、振るう老人にも、受ける男にも深く染みついていた。支配する者と、隷属《れいぞく》する者。望んだところで、抜け出すことは不可能かもしれないと思わせるほどに。老人は、まるで合金《ごうきん》の肉叩きでも振り下ろすかのように額田を打った。

どんなに硬い筋張《すじば》った肉でも、繰り返しハンマーを振り下ろせば柔らかくなる。殴打《おうだ》に合わせて漏れる額田の呻きが聞こえなくなり、栞名はもう駄目だと思った。

もう駄目だ、堪《た》えられない。

「やめてくださいっっ!!」

叫びながら、その場に飛び出した。

老人は驚きにガシャリと車椅子を鳴らし、虚《きょ》をついて身を躍《おど》らせた栞名は、額田を庇おうとその前に立ちはだかる。

「なっ、なんだ、おまえは！　どこから入って……」

ダッフルコートを身に着けた学生のようななりの栞名を、老人は理解できないものでも目にしたかのような眼差《まなざ》しで見据える。

「僕は……僕はただの使いの者です」

「……使い？　どいつのだ」

『どっかの組のもんか?』

「あなたの知らない人です。大峡善次《おおばぜんじ》さん、どうかこの人の願いを聞き入れてくれませんか」

「なに寝ぼけたこと言ってやがる」

窓明かりに男の白髪と、握り締めた杖の銀のライオン細工《ざいく》が光る。鑑賞用と言ってもよさそうな重厚《じゅうこう》な杖は、あまり実用的ではなさそうで、地面に踏みしめるはずの先端は太く丸い。

栞名はその形状に目を留めた。

覚えのある形だった。以前、額田の腹部にいくつも残されていた青痣《あおあざ》——

戦慄《せんりつ》に身がぶるりと震えた気がした。実際は栞名は身じろぎ一つせず、その場に立ちはだかり、老人の杖と皺《しわ》だらけの手元を見据えた。

「……おい?」

人形のように瞬《まばた》きもしない眸。瞳孔《どうこう》まで開かせたかのような目を、そのまま老人の顔にゆらりと向ける。

声音《こわね》は冷えていた。

「取引です。この人を解放してください。でないと、あなたの秘密を全部、然《しか》るべきところへ持って行くことになります」

「秘密? はっ、そんなもの……」

「反社会的な違法行為の数々です」

単語を持ち出しただけで、反応した老人の中に過《よ》ぎるいくつものイメージは、ばらっとスケッチブッグでも捲《めく》って流し見したような早さで栞名の中に幾重《いくえ》にも飛び込んできた。『声』として聞くよりも早く、自分が聞き取ったことすら自覚のないまま、栞名は言葉に変える。

「賭博《とばく》、違法薬物の取引。この倉庫は元々そのために使われていた場所だ。今はこの……西側のもっと大きな倉庫に拠点を移したようですけど」

「それがどうした、そんな証拠がどこにある?」

「なにもないように見えますね……一見。でも、微量《びりょう》の薬物は検出《けんしゅつ》されるかもしれません。あなたの部下には、どうやら粗忽者《そこつもの》もいるようですから……品を確かめようとして、白い粉をぶちまけたり?」

栞名は組員たちのいる倉庫の閉じたドアに視線を送り、老人は意識を失った額田を見る。

『学がこいつに喋ったのか?』

「この人は、なにも話してやしません。とても口の堅《かた》い人です。こんな目に遭わされても、あなたを最後まで裏切らない」

『裏切ってるじゃねぇか、俺の命令も聞かず、カタギになりてぇだと?』

「それが裏切りですか? ただ、違う道に進みたいと言ってるだけだ。彼はもう、充分あなたに尽くしてきたでしょう? 充分、恩は返したはずだ」

『なんだこいつ、さっきから……なんで俺の考えに応えて……』

会話と呼ぶにもおかしい不可思議な状況に、老人は異常さを感じ取っていたが、次の瞬間にはもう気を取り直して笑い出した。

ひゃっひゃと不快な声を立てて笑う。

「俺を脅《おど》そうなんて百年早いな、坊主。カタギは俺には勝てねぇ。俺とおまえじゃルールが違う」

「……ルール？」

「そう、俺のルールでは邪魔なものはすべて排除するまでだ。おまえの知る情報が脅威《きょうい》になるなら、入れものごと消せばいい。この世から一人消えるも二人消えるも、ただの誤差《ごさ》みたいなもんでな」

車椅子の老人はひざ掛けの下から、携帯電話を取り出した。表にいる男たちを呼ぼうとでも言うのか。それとも別の誰かか。

「本当にそれでいいんですか？　だったら……だったら、どうしてあなたは額田さんを施設から引き取ったりしたんですか！　犬が欲しいなら、あなたに尻尾《しっぽ》を振って近づいて来る人間がいくらでもいたでしょう⁉」

額田を選んだ理由。

そもそも、正式な養子縁組もせずに、何故《なぜ》子供を引き取ることができたのか。

裏の人脈を使って手を回しただけではない。

「……そうか……あの施設は、あなたも出身なんだ」

多額の寄付《きふ》を男はしていた。若い時分から、今に至るまでずっと。

謝意《しゃい》と忌《い》まわしさ。相反する思いが男の心には同居していた。

「おまえ、どこでそれを……」

暴《あば》き立《た》てた事実に老人は瞠目《どうもく》し、栞名はその二つの目を真《ま》っ直《す》ぐに見返した。

射抜《いぬ》くほどに強く、もっと強く。意識を深いところへ集中させる。目蓋をなくしたかのように目を見開かせ、栞名は老人の『声』を見た。

聞こえるはずの声が、いくつもの層《そう》を織《お》り成《な》したように連《つら》なり、ページのようにコマ送りに栞名の心へ入ってくる。次から次へと。彼の記憶、彼の人生。

彼は親の顔を覚えていない。あの施設に連れていかれたのは、小学校に上がる頃。大人たちの事情に逆らう術《すべ》もなく、ある日汽車に乗せられた。夏のひどく暑い日だった。いつもは買ってくれないラムネを母が途中で買ってくれた。冷たくきらめく水の中から取り出されたラムネの青い瓶《びん》は二本。一つは彼の手に、もう一つは——

「利也子《りやこ》」

栞名がその名を口にした瞬間、見据える老人の双眸《そうぼう》が激しく揺らいだ。

「なっ……なんだ、おまえ……一体、なんなんだ！」

「あなたの……妹さんの名前ですね」

彼に妹がいたことを知る者は、もういない。

もう六十年近くも前の話だ。当時の施設は環境も悪かった。見知らぬ土地での暮らしを強《し》いられ、幸せとは言《い》い難《がた》い生活の中で、互いの存在だけが心の支えだった。大切だった。彼は妹を深く愛していた。兄妹は仲睦《なかむつ》まじく、けれど、妹は施設を出ることもなく幼いうちに病気でこの世を去った。

「裏庭の赤い南天《なんてん》の木……あなたが利也子さんと一緒に植えた木だ。雑木林《ぞうきばやし》で見つけて……まだ実は少ししか生《な》らない貧弱な木だったけど、利也子さんがすごく気に入って、施設の裏庭に植えようって……ここなら、部屋からも見えるって」

妹との最後の思い出らしい記憶だ。兄と妹は協力し合って、南天を施設の裏庭に移した。

額田がツバメを根元に埋めたあの木だった。偶然、いい目印になると思って額田はその場所を選んだ。

「赤い南天、今はすごく育ってるでしょう？　秋になったら、一面真っ赤になるくらい実が生って、どこからでも目につくんです」

栞名は大きく一度瞬きをした。浮いた涙が目蓋の縁から頬に落ちた。泣いているのは自分ではない。本当に泣いているのは。

車椅子の老人は嚙み締めた唇を震わせる。鈍くその両目を光らせ、異質な力を持つ栞名を見返していた。

古い記憶。今はもう誰も知ることのない、老人の中にだけ存在する遥か遠い記憶。あの少女が生きた証《あか》し。彼が共有できる相手はもう、この世には存在しない。

栞名を除いては。

人は心のどこかで、知られたいと望んでいる。その喜びや悲しみを、共有できる相手を得られるものならと求めている。

「大峡さん、僕を殺しますか？　彼と一緒に殺せますか？」

二月の終わり。空模様を確認しようと近づいた窓は、水蒸気に曇《くも》っていた。栞名《かんな》は指先を三本纏《まと》めて押し当て、きゅっとワイパーのように動かす。

もう日も暮れる時刻だ。早番のバイトから帰宅する際に降り出しそうだった空は、どうにかまだ持ちこたえている。

「明日、このまま雨降らないといいですね」

振り返りながら声をかけると、部屋の主《あるじ》は敷いた布団の上で居眠り中だった。投げ出した左足は、スウェットの下から見慣れたギプスが覗いている。

組の監禁から解放された額田《がくた》が、病院で骨折の診断を受けてひと月ほどだ。左足腓《ひ》骨《こつ》骨折、左頬の陥没《かんぼつ》骨折、全身の打撲痕《だぼくこん》と裂傷《れっしょう》。顔の骨折治療に手術と入院で半月を要し、その後も自宅で治療を続けていた。

　心地よさげに眠る男の元へ栞名は近づく。傍《そば》に座って確認した顔は、手術を受けた骨折部位も順調に腫《は》れが引き、もうほとんど判《わか》らないほどになっている。しばらくは見るのも辛《つら》い有《あ》り様《さま》だったが、経過は順調で、こうして寝ているときにそっと覗いて確かめてはほっとするのが最近の栞名の日常だ。

　今なら、自分の顔の次によく知っているのが額田の顔だと言える。目鼻や唇の形。歯並びや顎《あご》のラインも。

　今日も安堵《あんど》して身を起こそうとすると、下からぐいっと腕を引《ひ》っ摑《つか》まれた。

「わっ……」

「……なんだ、また見てたのか。見るだけでいいのか？」

　額田の場合、狸寝入《たぬきねい》りじゃないから心臓に悪い。本当に寝ていて、動物並みの反射で目覚めているのだ。でなければ、栞名に『声』が聞こえないはずもない。

「きゅ、急に起きないでください」

「目ぇ覚ますタイミングなんて、自分で調整できるわけねぇだろ。つか、いいかげん、どうやったのか教えろ」

「起き抜けから、またそれですか……」

　辟易《へきえき》したように応《こた》える。

額田は組長が気を変えたのを、栞名がなにかしたものと決めつけていた。解放されただけでなく、組を離脱できた。組からの処分となる破門扱《はもんあつか》いだったけれど、自《みずか》ら除籍《じょせき》を望んだ額田にとっては希望どおりになったとも言える。

「何度も言ってますけど、僕はあなたに言われたとおりに逃げただけです」

「嘘つけ。おまえがなにかやったに決まってる。でなきゃ、親父が気を変えるもんか」

「なにかって、なにをですか？」

「それは……なにかだ」

具体的に想像がついているわけではないらしい男の無理のある主張に、栞名はぷっと小さく噴いて笑った。片肘《かたひじ》をついて身を起こした額田は、当然むっとした表情だ。

「なんかおまえ、ますます太くなったな」

「えっ、そうですか？」

言われて、思わずウエストの辺りを見下ろした。

「そっちじゃねぇよ。天然ボケか。神経が太くなったって言ってんだ。なんか、強《したた》かになったっていうか……」

『可愛げがなくなったというか』

あまり知りたくない『声』を聞いてしまった。

「嬉しくないです」

「ま、おまえは元々お節介《せっかい》で、ずうずうしかったからな」

「仕方ないじゃないですか、聞こえるから、なんとかしたくなってしまって……」

言い訳してから、こういうところが確かに自分は変わったのかもしれないと思う。以前の自分なら、内に籠《こも》るばかりで開き直ったりできなかった。人を助けたい一方で後ろめたさも募《つの》り、自分の力をただの特性だなんて思い切れてはいなかった。

組長のことも、どこまで力が関わっているのか判らない。パン屋の彼女のときと同じ。栞名はただ、あの老人が人知れず内に抱《かか》えているものを知っただけ。

その記憶を消し去りたくないと、一つでも多くこの世に残しておきたいと彼が願ったのなら、それは自分ではなく、あの老人の中にいる少女の起こした奇跡だ。

「栞名？」

怪訝《けげん》そうにしている男に、栞名は笑《え》んだ。

「目が覚めたなら、お茶淹《い》れましょうか。夕飯の支度もそろそろしないと……」

立ち上がろうとすると、握ったままの腕をぐいっと引かれた。

前にもこんなことがあった気がする。

「茶はもういい。おまえが世話を焼きすぎるから、飲み過ぎで水っぱらだ。怪我治ったら鍛《きた》え直さないとな」

「そんなこと言って、こないだこっそり腹筋やってましたよね？　ギプスが取れるまでは無理をするなって、お医者さんにも言われてるのに」

「なんだ、それも得意の盗み聞きか?」

「ちっ、違います。僕が部屋に来たとき、息が上がってて、『明日は倍やるぞ』とかって言ってましたもん。独り言で!」

『……まるで小姑《こじゅうと》だな』

聞こえてきた嫌味な『声』に、栞名は唇を噛《か》む。このところの小言の多さには自覚があるだけに、耳が痛い。額田が長い療養中に大人しくしているはずもなく、最近では『寝てくれてるときが一番ほっとする』なんて、小姑というより小さな子供を抱えた母親のようにハラハラさせられていた。

そんな気も知らない男はふっと笑い、大きな手でぽんと栞名の頭を叩いた。

「いいから、するぞ」

「えっ、なに……」

『セックス』

「だ、ダメです」

「いいかげん、溜まってんだ。どうせ明日にはギプスも外れんだし、ちっとぐらい運動したって構うもんか。病院ってもう半日後だろ、なんなら今外しても……」

「ダメですって!　抜糸《ばっし》するのとはわけが違うんですからね」

「抜糸だって、おまえさせなかったじゃねぇか。チョイチョイ糸を切るだけだってのに……」

拗《す》ねた子供と変わらない額田は、黒い目を瞠《みは》らせる。

飴《あめ》と鞭《むち》。栞名が駄目だと言いながらも妥協して、唇をちょんとくっつけてキスをしたからだ。

柔らかな感触と体温が唇に移り、栞名は照れを誤魔化《ごまか》すように真顔になる。

「あ、明日ちゃんと病院に行ってください」

「……ああ、行く」

『こいつ、耳赤い……』

「や、約束ですよ」

念押しする栞名は、赤らんでいるらしい耳を見せまいと再びキスをした。額田の座った布団に片手をついて身を乗り出し、まだ乾いた感じのする唇を押し合わせる。

一日中布団を敷いた生活なんて、考えてみればいつでも淫《みだ》らな行為に及べるわけで、健全とは言《い》い難《がた》い。口づけをしただけで空気が変わる。小学生の朝の通学路が、夜の街……に様変わりするには、栞名のキスが拙《つたな》すぎて、せいぜい高校生の放課後デートコースに変わった程度だけれど。

いつも硬く引き結んでいることの多い男の唇を、ちゅっちゅっと吸う。素《そ》っ気《け》なく受け止める額田に、栞名は困惑しつつその唇を舌先で捲《めく》った。

タイルのようにきっちりと並んだ前歯をなぞって、奥へと侵入させれば、途端に熱い舌が艶《なま》めかしく絡《から》みついてくる。『どうぞお好きに』とばかりに、放置していたくせして急な気変わりはずるい。

「んんっ……」

二の腕を左右からがしりと掴まれ、隅々まで口の中を舐《な》め尽《つ》くされる。逃げ惑う薄い舌を思うさま吸われた栞名は、力が抜けきりその場にへたり込んでしまった。

「やっぱり飯は腹が減ってるときに食うのが美味《うま》い」

唾液《だえき》に濡れた唇をべろりと舐め、額田はニヤと笑う。

「げ、下品なこと言わないでください」

「どこが下品なんだ？　美味いだろ、この唇とか……子供みたいな舌とか……」

「子供は……余計です」

「もう成人してるもんな、立派な大人だ」

額田に言われると、卑猥《ひわい》なことのように思える。

『ガキみてぇな顔して、エロいしな』

気のせいではないと、同時に響いた『声』が肯定《こうてい》し、栞名を余計に居たたまれなくさせた。

「額田さ……ん……」

精悍《せいかん》な顔をぐっと近づけられ、思わず目を閉じた。

額《ひたい》に鼻梁《びりょう》に、順に触れ合わされれば、最後にまた唇が重なる。分厚《ぶあつ》い舌で上唇を捲られたら、それだけで桒名は観念したようにもう口を開けてしまう。

「……ん……ぅ……」

押し込まれた舌をたどたどしく舐めた。舌は性器じゃないのに変な気分になってくる。

額田はキスの合間も先をせがむように、桒名の厚手のセーターをたくし上げる。アンダーに着ていたシャツもジーンズから抜き出した手は、肌を探って無遠慮に侵入を開始した。最初に触れたのはお腹の脇のほう。すぐに上昇して胸元を目指す。

滑《なめ》らかな肌に存在する唯一のアクセント。

「あっ……」

額田に触れられると途端に意味を持つ。男の乳首なんて、洋食プレートのパセリみたいな、形式上の産物くらいにしか思っていなかったのに――

「小せぇ粒だな」

「……額田さんだって……そんなとこ、大きくないでしょう」

「そっか、おまえも俺と同じ男だもんなぁ」

『女とはわけが違う。けど、感じねぇわけじゃないってのが……堪《たま》んねぇ』

両耳がまたじわりと熱くなった。『声』に反応して一層《いっそう》赤くなる。

実際、小さい粒を額田の手指に弄《いじ》られると、ぐずぐずとした疼《うず》きがどこからともなく湧《わ》き起《お》こる。唇に挟まれると期待に膨《ふく》れ、体温の高い舌でちろちろと刺激されたら、腰の中心では無関係のはずのものが形を変える。

まるで繋《つな》がってでもいるみたいに。

「……ぁ……んっ」

捲り上げた衣類の下に頭を埋《うず》め、額田は熱心にそこを舐めた。ぴちゃぴちゃと犬や猫が皿のミルクを飲むときにも似た音が鳴り、むず痒《がゆ》い快感に侵食《しんしょく》される。

栞名は目の前の男の紺色のスウェットを握り、肩を竦《すく》ませた身をぶるっと震わせた。

「……こっち来い」

促《うなが》されるまま布団に上がる。伸びる手は、栞名を傍《かたわ》らに寝そべらせて、愛撫を施《ほどこ》そうとする。

怪我の治療中に何度か額田の自慰《じい》の手伝いをした。「溜まってしょうがねぇ」なんて言うくせに、結局またセックスの真似事だった。ほとんど一方的に自分ばかりが気持ちよくしてもらうアレだ。

額田の隣に横たわって愛撫されるか、足に負担がかからぬよう、栞名が上に乗っかって愛撫してもらうか。

今日も『セックス』とか言うくせに、いつもと同じ真似事なんだと気づかされた。子供みたいにバンザイの格好《かっこう》で服をすっぽり脱がされた栞名は、それこそ庇護《ひご》される幼い子のように甘やかされる。

優しく。甘く。最初は嬉しかった。でも、それだけじゃ足りない。

自分は額田といると、どこまでも欲深《よくぶか》になる。

「額田さん……これは、セックスじゃないと思います」

欲求不満みたいで、恥ずかしい。でも、今言わないと、きっとまたうやむやになってしまう。

「違うって？」

「いつもその……僕ばかり気持ちよくしてもらってるじゃないですか」

「おまえもよくさせてんだろ？　こうやって、コイツ扱《しご》いて」

ふっと笑う男に手を導《みちび》かれ、まだスウェットに覆《おお》われた額田の中心に押しつけられる。柔らかな生地《きじ》の下のものはすでに形を変えていて、手のひらで感じるだけで頬が火照《ほて》り出す。

「で、でも……額田さん、本当はもっと違うこと、したいんじゃないですか？」

「は？」

「まっ、前に一度しようとしたこと……女の人みたいに、僕とも……したいんですよね？」

「……はっ、まいったな」

『お見通しってか』

溜め息交じりに苦笑した男は、少し怒ったような目で栞名を見た。

「ガキが変な気を使うな」

「僕は子供じゃありません」

機嫌を損《そこ》ねるかもしれないことぐらい、覚悟の上だ。栞名はずっと燻《くすぶ》っていた思いをぶつける。

「あなたが望むならそうしたい……望まなくたって、自分がそうしたいんです。できるなら、額田さんと……僕も一つになりたい」

驚きと困惑。少しの呆れ。頭を抱えたいほどの額田の動揺が伝わってくる。

それから――

縋《すが》るように見つめる栞名は、それを知って泣きそうに表情を歪《ゆが》めた。

「……女の口説《くど》き方も知らねぇ童貞が一丁前《いっちょまえ》だな」

『……こんなんで喜ばされてどうする』

「額田さん……」

『くそ、しかも全部聞いてやがるし』

「額田さんっ……」

泣きそうだ。

それは額田から伝わってきた、自分への愛《いと》しさ。たくさんの愛情。

「どうなっても知らねぇぞ」

「構いません」

「バカ、俺が構うんだよ。そこの棚《たな》の奴、持って来い。左の引き出しだ……前に使ったワセリンがあんだろ」

言われたとおりに開けたのは、似顔絵を描いた際に筆記具などを取り出していた引き出しだ。元々、手荒れをどうにかするのに購入したのだろう。そのわりにあまりちゃんと使用された形《けい》跡《せき》もないのが額田らしい。

服を脱いで準備する。裸になった男に跨《また》がるだけで本当は恥ずかしかったけれど、指示されるとおりに栞名は自分を慣らし始めた。

「……もっといっぱい使え。切れたら痛《いて》ぇだろうが」

「……はい」

「中、指入りそうか？　おまえの指も入んねぇくらいじゃ、俺のモンなんて……」

「大丈夫っ、です。平気、ですから……ひ…ぁっ…ん…っ……」

「……入れるだけじゃねぇぞ。動かしてみろ」

「ん……んっ……」

恥ずかしいから呻《うめ》いたりするまいと思っても、口元が綻《ほころ》ぶ。触れただけで体温に緩《ゆる》む半透明なワセリンは、ぬるんと栞名の指を狭い道筋へと運んだ。「あっ、あっ」と薄く口を開けて啼《な》きながら、栞名は後ろに回した手をゆるゆると動かす。

「……奥にも塗り込め。あと……こいつにもだ」

すでに勃《た》ち上《あ》がっていた額田の性器は、浮かせた腰のすぐ下に凶器のように存在する。そろそろと滑《ぬめ》るものを塗り込めば、グロテスクなほどに一層硬くそそり立って、栞名を慄《わなな》かせる。

自《みずか》らやりたいと言い出したのに、やっぱり怖いだなんて言えない。それに恐れだけではなく、ごく淡い期待も栞名のどこかにあった。まだ一重にも棒《ぼう》に巻かれていない、うっすらとした甘い綿菓子にも似た期待に縋《すが》り、強張《こわば》るものを自ら飲み込ませる。

「あ……ひぃ…ぁっ……」

声になったのは最初だけだった。悲鳴すら出ないほどの圧迫感。宛《あて》がったものは、熱くて大きくて。たっぷりと塗り込んだ滑りだけを頼りに、栞名は酸欠《さんけつ》の金魚みたいに開けた口を喘《あえ》がせながら、嵩張《かさば》る先端を飲む。

はっはっと短く息をした。全部受け入れるのに、どれくらいかかったか判らない。

自分で抉《こ》じ開《あ》けたくせして、いっぱいに開かせたところが苦しくて切ない。異物をどうにかしようと、中をきゅんきゅんと蠢《うごめ》かしてしまい、訳の判らない感覚が上がってきて、涙が溢《あふ》れそうになる。

泣いたらダメだと思った。

泣いたらまた、額田が心配してしまう。

『くそ、やっぱ、キツいじゃねぇか……コイツも、泣きそうな顔して』

「これは…っ……その、痛いからとかじゃ……ないんです……少し痛いけど、でもっ……」

「……気持ちいいのか？」

「え……」

「痛くねぇってことは、おまえ、気持ちよくて泣いてんのか？　どうだ？」

「あっ、ひ…ぁ……」

布団に寝そべる額田が、よく見ようと身じろぐだけで刺激が走る。言われて初めて快感なのだと理解した。じわりと、どこかひどく感じるところを押される感覚。

「あっ、や…ぁっ……」

足を閉じたくとも、閉じられない。挟み込んだ額田の分厚《ぶあつ》い胴を強く締めつけ、もじりと腰を動かす。反《そ》り返《かえ》った性器の先に浮かんだ雫《しずく》が、つっと透明な糸を引きながら男の引き締まった腹に落ちた。

「あっ……だめ……あっ……」

『……すげ、ぬるぬるじゃねぇか』

「ひ…ぁんっ……」

本気で感じているのか半信半疑の額田に濡れそぼってつるりとした鈴口《すずくち》を弄《いじ》られ、栞名はしゃくり上げて身を捩《よじ》る。

「尻、動かしてみろ。できそうか？」

頷いたものの、抽挿《ちゅうそう》なんてできずに小刻《こきざ》みに前後に身を漕《こ》がせる。

「……くたさんっ、額田さん…っ……」

目を閉じても浮かぶ涙は、我慢できずにぽろぽろと頬を伝った。自ら生んだ波に揺さぶられ、額田をきつく包んだ粘膜《ねんまく》がじりじりと擦《こす》れる。

「ふっ、あっ……あっ、おなか、あつい……」

『熱いか……上手に飲んでんな、奥までやべぇ……キモチイイ』

「いや……っ……がくたさん、言わないっ…で……」

『言ってねぇのに……コイツ、可愛いな』

目を開けると、額田は唇を動かしていないのが判った。琹名は羞恥《しゅうち》に一層白い肌を上気させる。

「……ひどい」

「おまえが勝手に勘違いしてんだろ。怒んなよ、褒《ほ》めてんだろうが……デケエもん、上手く懐《なつ》かせて……おまえは器用だな」

緩《ゆる》く首を振った。

「ヘタクソ……だしっ、絵……とかも」

「飯とセックスが上手けりゃ、上等だろ。恋人ならな」

「え、あっ……恋人って、うそっ……」

「嘘ってなんだ。おれはおまえに嘘はつけねぇ」

「だって、一度もっ、そんなっ……ふうにっ、あっ……」

不満を抱いた男は、身を揺すりながら抗議を示した。

「恋人じゃねぇのか。布団でこんなっ……ことして、毎晩のように飯作って、帰り待っててっ……なにかあったらいちいち心配すんのは、おまえが恋人だからだろう？」

『ああ……そうだった。こいつは誰にでも親切なんだったか……』

額田の腑《ふ》に落ちたような一瞬の落胆に、栞名は今度は激しく首を振る。

「好きっ、だからです。額田さんが、好きだからっ……僕のこと、恋人にしてくれますか？　額田さんの、恋人になりたい……」

声を裏返らせながら訴《うった》えた。返事は額田の言葉で、唇から発する声で聞きたいと、栞名はじっと見つめる。

泣きすぎて赤くなってしまった眸《ひとみ》を、男の黒くて深い双眸も見つめ返してきた。

「……希一《きいち》、おまえにとっくに惚れてる」

初めて名を呼ばれたと思った。気持ちを言葉にしてもらったのも初めてで、嬉しくて、嬉しくてしょうがない。わんわんと泣いてしまいたいくらいだったけれど、実際の栞名は赤くなったはなを軽くすすって、涙をぽろっと零しただけだった。

「そんなに泣くな……まぁ俺も、恋人なんて甘ったるいもん作ったのは随分久しぶりなんで、判んねぇとこあるだろうが」

「額田さん……」

「おまえ、案外後ろ向きだよな。前向きにならねぇと運を逃《のが》すぞ」

「運は……逃してません、だって」

栞名は肩甲骨《けんこうこつ》の浮いた背を丸め、身を屈《かが》ませてキスをする。

額田と出会えたことが、栞名にとっては幸運だった。

これからも、一人じゃないということ。一緒にいられること。

「んっ……ぁっ……」

重ねた唇のあわいから、小さな舌をひらめかせるとちゅるっと吸われた。熱い口腔《こうこう》に飲んであやされながら、下からも腰を突き上げられて身の奥を深く掻《か》き回《まわ》される。

「や…っ……だめ……だ、め……」

上半身を浮かせるのも困難になり、がくがくと震える体から力が抜けた。くたりと陥落《かんらく》するように落ちた栞名は、額田とスプーンやフォークみたいにぴったりと重なり合う。

捕食《ほしょく》される。上に乗っかっているのは自分なのに、後ろから突かれてでもいるような感覚だった。下から高く突き上げられる度《たび》、大波に揺らされる小舟になって前にのめる。

栞名の健気《けなげ》に張り詰めた性器も、二人の身の間に挟まれ、強く揉《も》まれた。額田の硬い腹に敏感な部分が擦れて、それだけでも泣きそうなほどに気持ちいい。

「あっ、あ……んっ……」

「……小せぇのに、しっかり硬くなってんな」

「やぁ…っ……んんっ……」

熱く開かれた後ろと、感じやすい性器と。前も後ろも判らなくなるくらいに、とろとろとした甘い快楽に満たされる。

意識も飛びそうなほどに感じた。重たいクリームにでもなったみたいに、和《やわ》らいだ中がかき混ぜられて音を立てる。

栞名は男の熱い体軀《たいく》にしがみつき、我を忘れてその耳元で舌足らずな声を発した。

「……やっ、やっ……もう、や……ぐちゅぐちゅしな…っ……でっ」

「……ぐちゅぐちゅ言ってんのか？」

「んっ、う…んっ……あっ、あ……またっ……」

「どこがだ？」

「あっ……え…っ……」

「どこがどうなってんのか、言ってみろ」

額田はまるで日頃の仕返しだとばかりに、栞名に意地の悪いことを命じる。

「俺は……おまえに、いつも全部聞かれてんだぞ。ちっとは教えろ」

自分と額田では羞恥《しゅうち》の度合いが違う。そもそも、額田は一度でも本気で恥ずかしいなんて思ったことがあるのか。

でも、嫌だなんて言えない。額田に嫌われたくない。好かれていたい。熱に浮かされるまま身を波打たせ、頬を火照らせた栞名は唇を動かす。

「あっ、あ……おしり……お尻のっ……」

ぞくぞくとした震えが走った。誰にも聞かれたくない。聞いているのも聞きたがっているのも額田しかいないのに、恥ずかしい言葉は耳元に唇を押し当てて白状した。

囁きに、またきゅうっとなる。穿《うが》たれたものをあからさまに締めつけてしまい、短く呻いた額田は声をくぐもらせる。

「くっ、あ……やべぇ……くそ、イイっ……」

「あっ、あぁ……っ……」

「おまえん中、あったけぇし……気持ちいいな……希一っ」

『大事にしてやらねぇと……もっと、可愛がって、いっぱい』

「額田さんっ、あっ、あっ……まっ、待って……」

溶けたワセリンと、体液と、揺さぶられる度に激しく行き交う屹立《きつりつ》が、淫猥《いんわい》な音を止めどなく響かせる。そこが指も容易には飲めないほど硬く閉じていたことなど、体も頭も忘れてしまったみたいだ。

「あぁっ……」

一際大きく突き上げられ、頭が真っ白になった。息が止まる。一瞬の呼吸停止の後には、ぐずつく熱が今にも弾《はじ》けそうに下腹の奥でぶわりと膨れ、栞名はもう駄目だと思った。

「やっ、がくたさ……いくっ、や、イク……」

熱い飛沫《しぶき》が、もう噴き出しそうにそこまで来ている。栞名は男の上で身をのたうたせ、啜《すす》り泣《な》いて射精を訴《うった》える。

「……もうちっと、我慢……しろっ」

「そんなっ……ムリ、あっ……出る、も……」

すぐにも出てしまうと思うのに、額田は宥《なだ》めすかして無茶を言った。達しそうになる度、力強い律動は緩慢《かんまん》に変わり、ゆっくりと中を掻き回しては快楽を長引かせる。

泣きじゃくって頭を振る栞名を下から見つめ、額田は腰を入れた。

「だめっ……も…ぉっ……」

「すぐだ、もうちょっと……なっ」

「あっ、額田さんっ……あっ、あぁっ……」

堪《こら》えようと身に力を籠《こ》めれば、余計に額田を締めつけてしまい、強く感じる。いつの間にか汗に湿った髪を大きな手で撫でつけられ、唇を押しつけられた。

額に頬に、唇に。涙で濡れているのにも構わずキスをして、額田の唇の感触が注《そそ》がれる。

「キイチ……希一っ」

彼の愛情が、そこら中から伝わってくる。

唇からも、繋がれた快楽の源《みなもと》からも。

彼の声、響く心。この時間のすべてが愛しくて、幸せで。

「……学《まなぶ》さんっ、すきっ、好きっ」

栞名は無意識にその名を呼んで、絶頂感を共有した。

ほかにはなにもいらなかった。


春はすぐにやって来た。生き物たちが待ち侘《わ》び、謳歌《おうか》する春。

三月上旬、まだ桜の季節には早いけれど、これから日に日に暖かくなっていくかと思えば、心も浮き立つ。休日にアパートを出る栞名の表情は、自然と明るく和らいだ。

仏頂面《ぶっちょうづら》なのは、隣を歩く男ぐらいか。

「あっ、額田さん、足元気をつけてくださいね」

一足先に門扉《もんぴ》を開けようとした栞名は、せっかちにも松葉杖《まつばづえ》を突き出す額田に注意する。慌てて引っかけて転倒でもしたら、せっかく治りかけた骨がまたポッキリいかないとも限らない。

『まるで年寄り扱いだな』

いつでも不機嫌そうな顔をした男だが、実際この数日ずっと不満を腹に燻《くすぶ》らせていた。

足首の怪我は完治ではなく、治りかけ。ギプスを外せば全快のお墨《すみ》つきで、小走りでもスキップでも自由にできると勝手に思い込んでいたらしい額田は、病院で現実を知らされた。

ひと月ほどでギプスを外した後は、今度は革《かわ》の装具《そうぐ》と松葉杖の生活の始まりだ。

「額田さん、お医者さんの話聞いてなかったんですか？」

「聞いてたが、人より治りが早いとか、骨が太くて立派だとかレントゲン見てよさそうなことばっかり言うからてっきり」

「超人じゃないんだから、額田さんだって急には治りませんよ」

額田も普通の男だ。怪我をすれば痛いし、治療も必要になる。思いどおりにならなかったと不貞腐《ふてくさ》れ、愚痴《ぐち》の一つや二つも頭に思い浮かべる額田に、栞名は微笑ましいような気分になった。

「でも、出かけるの、本当に付き合ってもらっていいんですか？　松葉杖、歩きにくいからやだって言ってたのに」

「だいぶ慣れた。装具は足も地面につけるし……」

額田が路地に出るのを見届けて門扉を閉じると、隣から目敏《めざと》い老人の声が響いた。

「あらあら、あんた！　だいぶ歩けるようになって。もう元気そうじゃないの」

どこから様子を窺っていたのか、隣家から表に出てきたのは大家《おおや》の老婦人だ。遭遇《そうぐう》すればやっかいなのは、今は栞名よりも額田だ。

「額田さん、治ったんなら、約束どおり猫連れて出て行ってもらうからね！」

『まったく、ずるずる引き延ばして』

早く追い出そうと躍起《やっき》になる猫嫌いの老婦人に、栞名はちょうどいいと声をかける。

「あの、その件なんですけど、額田さんが引っ越しされるなら、僕もアパートを出ようと思っています」

「えっ」

驚きの反応は、大家だけでなく隣の男もだ。

「なんでだ？」

「あんた、なんでだい⁉」

「えっと……なんでって、あの猫は元々僕の猫ですから。額田さんのせいにして、自分だけ居座るってのはちょっと……」

予想外に二人に息を合わせて詰め寄られ、狼狽《うろた》える栞名だったが、どちらの加勢だか判らない声がもう一人加わった。

「なに言ってるのよ、メイはうちの猫じゃない！」

振り返れば、玄関ドアを開けたミチルが仁王立《におうだ》ちで立っていた。今日は日曜日で、学校は休みだ。

「大家のお婆ちゃんから額田さんちの猫だなんて聞かされて、びっくりしたんだから！」

このアパートへ栞名がやって来て数ヵ月の間に、もう背が伸びた気のする少女は、大人の会話にも臆《おく》せず割り込んできて、その胸には動かぬ証拠の黒猫が抱かれている。

「びっくりして……そのとき言えなかったんだけど。でも、もうお母さんにも相談したから」

『ごめんなさい』と、少女は言った。

「お母さんに相談って……」

「お婆ちゃん、メイは本当はうちの猫なの！　お母さんが入院したときに、私が頼み込んでカンナに面倒見てもらっただけなのっ！」

「そ、そんなこと言われてもねぇ。とにかく猫を飼うのは……」

「だからっ、お母さんと決めたの。みんなが出て行くなら、うちも出て行くからっ！」

「え……ええっ⁉」

まさかそうくるとは思ってもみなかったらしい大家は、重たく下がった目蓋を起こして濁《にご》った目を見開かせた。

「あ、あんた、なに言ってんだい！」

「だって、それがドウリでしょう？　うちの猫なんだもの、ほらっ！」

『道理』なんてどこで覚えてきたのか、小学生らしからぬ言葉を使う。

しかし、ミチルは子供らしい正義感で言っているだけで、それが大家の老人を困らせる結果になるとはまるで判っていないようだ。

打算的な金の計算など、少女にできるはずもない。

「みんな出て行くって、あんた……」

ただでさえ、ご近所にも廃屋《はいおく》と思われているようなアパートだ。爽《さわ》やかな洋風の壁もペンキが剝《は》げ落《お》ち、門扉には風向きを知らせることのない折れた風見鶏《かざみどり》。大々的な修繕《しゅうぜん》でも施《ほどこ》さねば、住民の総入れ替えなんて望めるはずもない。

大家は曲がった腰を擦《さす》りつつ、無愛想《ぶあいそう》なデカイ男と、愛想だけはいい新入りの童顔と、赤ん坊の頃から知っている少女の顔を順に見る。

それから盛大《せいだい》な溜め息をついた。

「わ、わかったよ。しょうがないね、その猫だけだよ」

頑固《がんこ》な老人が根負《こんま》けした瞬間だった。

「お婆ちゃん、メイを飼っていいの⁉」

「一匹だけだよ！　一家に一匹じゃなくて、アパートに一匹だからね」

「うん、うんっ、やったぁっ！　カンナ、やったね！」

ミチルはぱあっと明るい笑顔を弾けさせ、嬉しそうに胸元で黒猫を上下にあやした。ひらひらとバンザイでもするかのように、黒い肉球の猫の前足が浮き上がる。

人間の喜びより、本音は近所のパトロール。メイは抜かりなく脱走を企《くわだ》てているようだけれど、どうにか今は空気を読んで少女の胸に収まっていた。

「よかったね、ミチルちゃん。メイもこれで正式にアパートの一員だね」

栞名も心から嬉しくなって笑《え》んだ。

住人の確保と引き換えに猫の追い出しに失敗した大家は、不満を抱きつつも自宅に戻って行き、栞名も額田と出かけるべく路地を歩き出す。

「じゃあ、行ってきます」

ミチルに告げて背を向けると、「あっ」と声を上げて呼び止められた。

「そうだカンナ、前に『幸福の王子』みたいって私が言ったの、覚えてる？」

急にびっくりだ。

「ああ……うん」

「あれ、ナシだから」

「え？」

きょとんとしてしまった栞名に、ミチルは真顔になってきっぱり告げた。

「だって、『幸福の王子』だったら最後は渡り鳥と一緒に死んじゃうんでしょ。そんなの嫌だもん。神様にカンナが好かれたって、そんなの嫌だよ」


この世で一番尊《とうと》いものはなんだろう。

物語で神様に選ばれしものは、王子の割れた心臓と渡り鳥の亡骸《なきがら》。

そもそも、神様も二つを選び取ったように、一番なんて決められないのかもしれない。

「一応、物件探しはやってたんだがな」

バスのステップに苦労しつつ、どうにか松葉杖で降り立った額田は、ぼやくように言った。

二人が辿《たど》り着《つ》いたのは、栞名にとっては勤務地でもある駅だ。

「え、引っ越し先ですか？」

「ああ、あのアパートは組のモンも知ってるし、親父が許してくれたって言っても引っ越したほうが無難《ぶなん》だろう」

『そのほうが希一も安心だろうし』

栞名は共に響いてきた『声』に、表情を緩《ゆる》める。

「僕はどちらでも構いませんけど」

そうは応えたものの、額田が近場だろうと一人だけ引っ越してしまうのは淋しい。やっぱり自分もついて行きたいと考えてしまう。

「まぁ、俺も引っ越しより、仕事を先に見つけなきゃならねぇんだが」

黙々《もくもく》とボートでも漕ぐように松葉杖と装具の足を動かし、額田は駅前の広場を過ぎる。そのまま構内へ向かってしまいそうな男を、栞名は慌ててブルゾンの袖《そで》を引いて止めた。

「額田さん、もうこの辺りで」

「ここか？　こんなとこでいきなり配んのか？」

「前もここだったでしょ。ほら、クリスマスの夜に」

この場所は十二月にはクリスマスツリーも輝いて見えたあの場所だ。今は目を楽しませる展示物はないけれど、穏《おだ》やかに晴れた空が気忙《きぜわ》しく歩く人々を見守るように広がっている。

「おまえも大概《たいがい》執念深いよなぁ。まさか十年配るつもりじゃないだろうな」

「あの人は今頃、十年と数ヵ月配ってるかもしれないんですよ？」

今日は久しぶりにシュウのビラを配る予定だった。バイトを始めてすぐは仕事帰りに配ったりもしていたけれど、額田が風邪を引いたり怪我をしたり、栞名も慌ただしくなってしまい、しばらくできずにいた。

あれからもう三ヵ月近く。望みは薄いかもしれないけれど、カズヨがこの近くに住んでいるのなら無駄ではないと思いたい。

「じゃあ、僕向こうのコンビニでコピーしてきますから、額田さんここで待っててくれますか？　疲れたら、あそこのコーヒーショップで休むといいですよ」

「ああ、行って来い。俺は平気だ」

まずはビラの原本《げんぽん》のコピーだ。肩から提《さ》げたキルティングのショルダーバッグを探りながら歩き出そうとして、栞名はふと足を止めた。

『カズヨさん』

人混みの中に声が聞こえた気がして、はっとなった。

ロータリー周辺の広場は、週末の今日も多くの人が行《い》き交《か》っている。ぐるりとその場で身を回転させ、周囲を確認する。人、人、人。休日を楽しむ老若男女《ろうにゃくなんにょ》の楽しげな声が、右でも左でも響いている。

「あっ、すみません」

ぶつかりそうになった長身の男が、するりと器用に身を躱《かわ》し、すぐ脇を行き過ぎた。栞名は反射的に会釈《えしゃく》をしただけで、再び『声』の主を探して視線を彷徨《さまよ》わせ、それから急に後ろ髪でも引かれたようにたった今擦《す》れ違《ちが》った男を見た。

楽しげに顔を見合わせて歩く二人連れの後ろ姿に、一瞬カップルかと思った。けれど、男が愛おしげな甘い笑みを向けているのは女性ではない。

そして、その横顔は――

「……シュウ」

栞名は幻覚でも見たかのように呟く。それもそのはずで、彼の横顔は笑っていた。見たことのない、想像さえできなかった満面の笑みで。

いつか彼の熱くなる姿を見たいと思っていた。愛しい人を取り戻し、我を忘れるほどに歓喜した姿。彼の十年が無駄ではなかったと、報《むく》われるその日を、栞名も知りたいと願った。

今、そのときが来たのだ。

シュウは自分に気づかないまま、隣を歩く男に心奪われ、寄り添うように歩いている。

カズヨらしき人は淡い色のコートを着ていた。髪も服も整い、あの日栞名の見たカーテンのようなものを身に纏《まと》って歩く男とはあまりに違いすぎたけれど、シュウの表情がなによりの証拠だ。

見つけたのだ。

「希一、どうした？」

コピーに行くはずが、もたもたとその場に立ち止まった栞名に、額田が怪訝《けげん》そうに声をかけてくる。栞名はそっと指を差した。

「あの人です。探してた人」

「えっ……本当か？」

驚いた男は、人混みに紛《まぎ》れていく二人の後ろ姿を凝視《ぎょうし》する。

「てか、おまえ声はかけなくてよかったのか？　そのために探してたんだろ？」

栞名は緩く首を振った。

「いいんです、もう。知りたかったことは……全部、判った気がしますから」

だから、話しかける必要はない。

ここまできて一言の言葉も交わさないまま別れることに、額田は納得いかない様子だ。でも、栞名には少しの迷いもなかった。

空は高い。晴れ晴れと輝きを見せている。

「ふうん、じゃあ……これからどうする。急に暇になったな。飯でも食って帰るか？」

「そうですね。ちょっと早いですけど、お腹が空《す》いてきました」

栞名は頷き、松葉杖の額田を気遣いながら、レストラン街のある駅の構内へ向けて歩き出す。

駅ビルの壁面のローマ数字の時計は、あと三十分ほどで正午だ。

仰《あお》いだ駅は大きくて綺麗だった。この街にやって来たばかりの頃、感心したのを思い出す。

見知らぬ土地の大きな駅。新生活に胸ふくらませた素振《そぶ》りで自分を誤魔化していたけれど、
本当はすごく憂鬱《ゆううつ》だった。この街にも、きっと自分の居場所なんてないと思い込んでいたから。

でも、今は違う。

駅ビルを仰ぎ見る視線をそのままに、栞名は隣を歩く男にそっと声をかけた。

「額田さん」

「ん？」

ごく自然に言葉が口から零れた。

「やっぱり、もう少しこの街に住みませんか」

あとがき

AFTERWORD …………………

—砂原糖子—


皆さま、こんにちは。はじめましての方がいらっしゃいましたら、初めまして。

よもや続くとは思われていなかったはずの、『言ノ葉』の三冊目です。前回それなりにオチもついてまとまったのに、『蛇足《だそく》を続けるか！』な三冊目ですが、私はわりと続くかも……と思っておりました。

続きと言いましても、またまた主人公は新キャラです。このお話から読まれても、さほど支障はないかと思います。『言ノ葉』は心の声が聞こえる設定で、元々『もしも○○が××だったら……』という空想好きの私には、とても楽しいファンタジーになります。いろいろと妄想の尽きない話ですので、今後も機会がありましたら書いてみたいです。

そして、あとがきは今回もネタバレで行きます。

この話は前作の『言ノ葉ノ世界』とリンクしており、栞名《かんな》と仮原《かりはら》が住んでいるのは同じ街です。私しか気づかないような小さすぎるリンクばかりですが、お暇なときにでも読み比べていただけると嬉しいです。このパラレルワールドの攻たちは、クリスマスケーキに並々ならぬ拘《こだわ》りがあります。（本当にどうでもいいリンク！）

続篇では栞名と仮原が出会う展開も考えてみたのですが、そうするとまったく別の『もしも』が始まってしまうので自制しました。心の声が聞こえる人同士が会うとどうなるのか、個人的には興味あるんですけども！　栞名は優等生なので、意外と波風を立てず仲良くなるのかもしれません。『おまえの過去（潜在意識《せんざいいしき》）まで知っている！』な栞名ですが。

お母さんも心の声の聞こえていた栞名は何気にサラブレッドです。溢《あふ》れんばかりの力で額田《がくた》を救い出すことに成功しました。聞こえる側の能力が上がるにつれて、受け止める側は変人度が増している気がしないでもないですが、そんな破《わ》れ鍋《なべ》に綴《と》じ蓋《ぶた》な二人に幸あれ！

三池《みいけ》先生、今回も素敵な二人をありがとうございます。三池先生が広い心で受け止めてイラストにしてくださったおかげで、栞名も額田も鮮《あざ》やかに息づくことができました。現在ちらっと拝見してます表紙の栞名も天使すぎて、男前の額田と共にキュンとしています。実物を手にするのが待ち遠しいです。クリスマスシーンを描いてもらえたのも嬉しかったです！

お世話になった方々のお力添えで、三冊目も発行することができました。ありがとうございます。前回のあとがきでなにを書いていたのかふと気になり、『言ノ葉ノ世界』を捲《めく》ってみましたところ、二〇一〇年発売でした。四年前！　忘れずお手に取ってくださった皆様、本当にありがとうございます。またこのシリーズでもお目にかかれるといいなと思います。

優しい皆様にも、物語のような幸運が訪《おとず》れますように！

２０１４年７月

砂原糖子。

この本を読んでのご意見、ご感想などをお寄せください。
砂原糖子先生・三池ろむこ先生へのはげましのおたよりもお待ちしております。

〒113-0024　東京都文京区西片2-19-18　新書館
[編集部へのご意見・ご感想] ディアプラス編集部「言ノ葉ノ使い」係
[先生方へのおたより] ディアプラス編集部気付　○○先生

-初出-
言ノ葉ノ使い：小説DEAR+ 2013年ハル号(Vol.49)
言ノ葉ノ記憶：書き下ろし

[ことのはのつかい]
言ノ葉ノ使い
著者：砂原糖子 すなはら・とうこ

初版発行：2014年8月25日

発行所：株式会社 新書館
[編集] 〒113-0024
東京都文京区西片2-19-18　電話 (03) 3811-2631
[営業] 〒174-0043
東京都板橋区坂下1-22-14　電話 (03) 5970-3840
[URL] http://www.shinshokan.co.jp/

印刷・製本：図書印刷株式会社

ISBN978-4-403-52359-5 ©Touko SUNAHARA 2014 Printed in Japan